感悟一生的故事

青春故事

曹金洪　编著

北方妇女儿童出版社

·长春·

图书在版编目（CIP）数据

青春故事 / 曹金洪编著 . -- 长春：北方妇女儿童
出版社, 2010.6（2024.3重印）
　（感悟一生的故事）
　ISBN 978-7-5385-4662-0

　Ⅰ.①青… Ⅱ.①曹… Ⅲ.①故事 – 作品集 – 世界
Ⅳ.①I14

中国版本图书馆CIP数据核字(2010)第083508号

青春故事
QINGCHUN GUSHI

出　版　人	师晓晖
策　划　人	陶　然
责任编辑	于　潇　刘聪聪
开　　本	710mm × 1000mm　1/16
印　　张	11.25
字　　数	200千字
版　　次	2010年6月第1版
印　　次	2024年3月第6次印刷
印　　刷	旭辉印务（天津）有限公司
出　　版	北方妇女儿童出版社
发　　行	北方妇女儿童出版社
地　　址	长春市福祉大路5788号
电　　话	总编办：0431–81629600

定　　价　49.80元

　　是浮华的风带不走燥热的怅然，是盲动的雷也震不醒驿动的灵魂。这世间的一切，太多的幻想，太多的浮华，太多的……只有呼吸着的每一天，才感受到她的价值，她的真实。此刻，生命对于我们来说，只有一次，可以把握，可以珍惜。

　　于万千红尘中，我们不停地奔波着，劳碌着，快乐着也痛苦着，其目的就是为着生活，为着活着的质量。是血浓于水的亲情带着我们赤裸裸地来到这个尘世，当我们响亮的第一次啼哭，带给父母这一辈子最动听的音乐的同时，我们便与亲情紧密相连，永不可分了。也许前行的路荆棘丛生，也许前行的路坑坑洼洼，也许前行的路一马平川，但我们只要带着亲人们真切的惦念，带着亲人们殷殷的祈盼，就不会迷失前进的方向，就不会沉沦于泥潭沼泽里而不能自拔。

　　历经人生沧桑时，或许有种失落感，或许感到形单影只，这时，总会有一种朋友，无须形影相随，无须感天动地，无须多言，便心灵交汇，又能获得心灵的慰藉；在饱受风霜时，总会有一种朋友，无须大肆渲染，无须礼尚往来，无须唯美的表达方式，就能深深地感受到一种力量与信心，就能驱动前行的脚步。朋友无须多而在于精，友情也不必锦上添花，而在于雪中送炭。

　　童话故事里，我们经常看到王子吻醒了沉睡的公主，或是公主吻到中了魔法的青蛙，便可以幸福地结合在一起，永不分开。在这世上，也许有一份真爱可以彼此刻骨铭心到地老天荒，也许有一种真情彼此生死相依到海枯石烂。而这份真情、这份真爱却因世事的沧桑而深入到人们的骨子里，成为人们心中永恒的痛。

　　爱，有时，真的就是一种感觉，一种魂牵梦萦的感觉；有时，真的就是一种意境，一种心手相携的意境；有时，又会是一种情怀，一种两情相悦的情怀……

也许，真的如他人所说吧，亲情、友情、爱情，抑或其他值得珍惜的情谊，只是一种修为。所有的绝美，也许应该有一个绝美的演绎过程。我们所能做的，就只有把这种"永存"记录下来，让更多人从中获得感悟，获得启迪。

岁月如歌，有一些智慧启发我们的思想；有一些感悟陪伴我们的成长；有一些亲情温暖我们的心房；有一些哲理让我们终生受益；有一些经历让我们心怀感恩……还有一些故事更让我们信心百倍，前进不止。一个个经典的小故事，是灵魂的重铸，是生命的解构，是情感的宣泄，是生机的鸟瞰，是探索的畅想。

这套丛书经过精心筛选，分别从不同角度，用故事记录了人生历程中的绝美演绎。

本套丛书共20本，包括成长故事、励志故事、哲理故事、推理故事、感恩故事、心态故事、青春故事、智慧故事、人格故事、爱情故事、寓言故事、爱心故事、美德故事、真情故事、感恩老师、感悟友情、感悟母爱、感悟父爱、感悟生活、感悟生命，每册书选编了最有价值的文章。读之，如一缕春风，沁人心脾。这些可贵的精神食粮，或许能指引着我们感悟"真""善""美"的真正内涵，守住内心的一份恬静。

通过这套丛书，我们不求每个人都幸福，但求每个人都明白自己在生活。在明白生命的价值后，才能够在经历无数挫折后依然能坦然地生活！

目录
Contents

☂ 活着，就要学习

☂ 看重自己

学会与人分享快乐

用心感受生活

命运掌握在自己手中

生活有的时候就像是在跟我们开玩笑，然而我们面对生活的时候却总是选择妥协，我们无论如何也不可忘记，我们的命运永远都是要靠自己去改变的。

成败取决于自己

语 梅

　　欧洲的某个城镇又热闹起来了，这里正在举行一年一度的电单车竞赛，全球单车好手都陆续涌进这个城镇。许多选手都提前两三个星期到当地训练，以适应现场的地理环境。

　　在众多好手中，有三名不同信仰的华侨青年。

　　第一名相信宿命论。有一次他在竞赛时滑倒了，无论他后来如何拼搏都没有改变失败的结果。此后，每遇比赛，一旦不幸滑倒，他就会自动弃权，因为他认为那是命中注定的无法更改的命运。他将整个竞赛的成败，寄托于冥冥之中的"命运"。

　　第二名青年，从小就依从父母，膜拜三国时代的关公。每逢竞赛之前，他一定会跟从父母到附近唐人街的一间关帝庙去烧香，向庙内的"关老爷"（乩童）询问结果。若那名乩童点头准许他参加竞赛，他便会有信心去参赛，否则，便放弃。至于这次参赛，他父母亲已到关帝庙询问过了，乩童很有信心地告诉他父母，这次一定可以成功地夺取冠军，他会得到关帝相助。这名青年将整个竞赛的夺标机会，交于一种超自然的神秘力量。

　　最后一名青年，是第一次参赛，他这次的参赛目的也是为了夺取冠军，以赢取10万美金的奖金，好让他病重的母亲到国外去治疗。他每天勤奋地练习，摔倒了，又爬起来，他不断鼓励自己：我一定要得到冠军！我一定要！他将这场比赛的胜利，掌握在自己手中。

不久，比赛开始了。比赛开始的枪声一响，上百名选手便往前冲去。现在，让我们将注意力放在那三名年轻人身上。

首名青年在比赛开始后不久，就因路滑而跌倒，他便将单车推到路旁，很无奈地看着许多竞争者从他的眼前驰过。"唉，这是上天的安排，有什么办法呢！"

第二名青年因有"神"的保佑而拼命地奔驰，突然，在一个转弯处，他一不留神，发生意外，人仰车翻，不省人事。当他的父母从电视上看到这种情景时，便很生气地赶到那间庙堂去责问那个乩童。乩童刚好在睡午觉，被他们的突然登门而吵醒。"关老爷，你说保佑我的儿子平安无事，一定得冠军，可他现在已发生了意外，你到底有没有保佑他？"那青年的母亲很生气地说。乩童揉着蒙眬睡眼说："唉，我已尽力在帮助你的儿子了，当他要跌倒时，我也尽力赶去扶助他，但他骑的是电单车，我骑的是老马，怎么追得上呢？"

至于那第三名竞赛者，他很拼命地奔驰。一旦跌倒了，他就又赶快爬起来，忍痛继续冲刺。滚滚沙尘，炎炎烈日，均无法阻挡他那颗炽热的心。因为他将成败掌握在自己手中，所以他终于夺得了冠军。

心灵 寄语

在生活中无论做什么事情，都必须要自己去做，只有这样，我们才会从每一件事之中获得经验。所有事情的最终结果都是由自己所做的努力决定的。

命运掌握在自己手中

秋 旋

　　在一次火灾事故中，消防员从废墟里救出了一对孪生兄弟——波恩和嘉琳，他们是此次火灾中仅幸存下来的两个人。

　　兄弟俩很快被送往当地的一家医院，虽然两人死里逃生，但大火已把他俩烧得面目全非。

　　"多么帅的两个小伙子！"医生为兄弟俩惋惜。

　　波恩整天对着医生唉声叹气：自己成了这个样子，以后还怎么出去见人，还怎么养活自己？波恩对生活失去了信心，他总是自暴自弃地说："与其赖活着，还不如死了算了。"

　　嘉琳努力地劝波恩："这次大火只有我们两个得救了，因此，我们的生命显得尤为珍贵，我们的生活应是最有意义的。"

　　兄弟俩出院后，波恩忍受不了别人的讥讽，偷偷地服了安眠药离开了人世。而嘉琳却艰难地生存了下来，无论遇到多少冷嘲热讽，他都咬紧牙关挺了过来，嘉琳一次次地提醒自己："我的生命价值比谁都高贵。"

有一天，嘉琳还是像往常一样送一车棉絮去加州。天空下着雨，路很滑，嘉琳开车开得很慢。此时，嘉琳发现不远处的一座桥上站着一个人。嘉琳紧急刹车，车滑进了路边的一条小沟。可嘉琳还没有靠近年轻人的时候，年轻人就已经跳下了河。年轻人被他救起后，又连续跳了3次，直到嘉琳自己差点被大水吞没。

嘉琳救的这位年轻人竟是一位亿万富翁，富翁很感激嘉琳，便和嘉琳一起干起了事业。

嘉琳从一个积蓄不足10万元的司机，终于成了一个拥有3.2亿元资产的运输公司老板。

几年后，医术发达了，嘉琳用挣来的钱修整好了自己的面容。

心灵寄语

生活有的时候就像是在跟我们开玩笑，然而我们面对生活的时候却总是选择妥协，我们无论如何也不应忘记，我们的命运永远都是要靠自己去改变的。

快乐是一种心态

诗 槐

下午放学后，杰克独自一个人坐在学校旁边的空地上看书的时候，一只燕子挥舞着翅膀吧嗒吧嗒地停在杰克面前。

杰克放下手中的书本，看着低头整理羽毛的燕子说："燕子啊，我好羡慕你有一对翅膀，可以飞到任何你想去的地方。我就不行了，如果没有交通工具，没有公车，没有火车，我哪里都去不成。你知道吗？我到现在还没搭过飞机呢。"

燕子停止整理羽毛的动作，抬起头看着杰克说："亲爱的男孩，在天空飞翔并不见得是想到哪里就可以到哪里啊。我必须先知道自己想去哪里，要去哪里。有时候，漫无目的地飞令我感到厌倦。在这个时候，我就想要有个自己的家，跟你一样，可以好好休息，好好睡觉。可是，这是个没办法完成的愿望，燕子生来就得随着季节迁徙。"

杰克怔了一下，笑着继续对燕子说："燕子，你知道吗？虽然你这样说有道理，但我还是羡慕你。我梦想有翅膀，可以在蓝色的天空飞翔。我不喜欢学校的规矩，不喜欢爸爸妈妈给我的规定，那些东西都不是我想要的。我有自己的想法，但他们总是告诉我这个不能做，那个不能做。不像你，可以不用管这些无聊的规定，自由自在地飞翔。"

燕子抖抖自己的身体，轻声地说："小男孩，并不是有了翅膀你就会成为燕子或者成为天使，然后就可以照着自己的想法去做一切的事情。如果有了翅膀就可以是燕子或天使的话，那你去买一件附有翅膀的衣服就可以了。

"如果你想跟燕子一样，自由自在地飞翔，你就必须舍弃很多的东西，你必须舍弃你的父母，你的朋友，舍弃你温暖的家。下雨的时候，你只能躲在树林里，草丛中，还得提防周围的危险。说不定睡觉的时候，就会有狡猾的狐狸跳出来咬你一口呢。大自然也是有它的法则存在的。我必须了解大自然的法则，必须遵守大自然的法则，该飞的时候我就飞，该休息的时候我就休息。就算你真的舍弃了你的父母，你的同学，你温暖的家，你还是必须遵守大自然的法则。与其在这里羡慕燕子，小男孩，你不如想想看，怎样才能在你的生活里得到乐趣，怎样才能让自己过得快乐。只有可以从生活中真正找到乐趣的人，才是真的自由自在、不受牵绊的人。"

"我不懂。有那么多的规定，我怎么可能过得快乐呢？"杰克放下手中的书本，走到燕子面前。

"对，就是需要在那么多的规定中找到你自己可以快乐的方式，只有这样，你才会真的快乐。就像你在这里看书，你觉得快乐吗？"

"快乐啊。我好喜欢看书，每次看书都会让我觉得快乐，让我觉得自己好像跟书中的人物一起过了个愉快的下午。"杰克兴奋地点点头。

"是啊，小男孩。你虽然在许多的规定中生活，但是，你还是可以找到让自己快乐的方式，不是吗？这样的快乐才是真实的喔！不要羡慕燕子了，其实燕子也很羡慕你呢！"

心灵寄语

　　据我们所知，一般情况下，癌症患者如果得知自己得了绝症以后会有很失落的情绪，但是那种心态好的人却可以有更长久的生命，这给我们的启示就是：快乐其实是由好的心态决定的，而这种心态带给我们的益处甚为广泛。

朋友从陌生人开始

千 萍

在我周围，一群冬季运动爱好者在冬日的阳光下悠闲地游荡，他们都裹在鲜亮的围巾里：身材细高的雪橇跳滑者叼着棕红色的烟斗，乘着连橇滑行的人们竞相投掷雪球，被风吹皱了大衣的人在躺椅上晒太阳。锐利的北风夹着冷霜和快乐嘎嘎作响。每个人都在享受好时光——除了我。

我身边的躺椅依然空着，没有人坐。多年来，几乎没有人主动坐在我身旁。我向来缺乏那种把别人吸引过来沟通心曲的能力——我不知道为什么。

然而，当大卫·吉萨出现在这个晴好的雪天时，整个画面就全然改观了。

大卫·吉萨坐在了我身旁的躺椅上。

我曾经仔细地观察过此人，看他主动亲近陌生人简直是一种乐趣。他的主动示好几乎能让所有人身上裹着的那层寒冰融化——对于陌生人，每个人身上都裹着这层寒冰。他能那么容易亲近别人，真令我感到嫉妒。不过，若让我打破僵局先对陌生人开口说话，我宁可去死。

我这种清高的态度并没有吓退吉萨，他将那双灰色而友好的眼睛转向我，很自然地微笑着。他并没有说出关于天气好坏这类无用的套话，也没有用自我介绍

的方式做开场白。他说话时毫不紧张或者尴尬，似乎他是在把一个有趣的消息传达给一个老朋友一样，他说道："我发现你在观察那位古铜色的家伙修理冰鞋，他是来自纽约的学者。去年他当过'珂尼尔'号的尾桨手，同时还充当辩论俱乐部的主席，你不认为他是美国年轻一代在牛津最杰出的代表吗？"

吉萨的这番话立刻引导我们进入了一个问题的讨论——关于盎格鲁撒克逊人和美国人之间友谊的梦想。从这儿开始，我们的谈话涉及了共同感兴趣的各个领域和特殊的信息。一个钟头之后，当我们停止谈话时，我们已经成了好朋友。

这几乎可以视为一个奇迹。

我干脆问吉萨，他是如何能做到这一点的。"你对陌生人谈话的秘诀是——我是说，就我个人而言，我总是局限于熟悉的几个朋友、同类的人。我一生都在希望能够与陌生人成为朋友以拓展我的视野，激发对生活的敏感，但我总是望而却步，害怕遭受拒绝。我要怎么做才能克服这种怕遭冷遇的畏惧感呢？"

吉萨用手将我们眼前的那群人画了一道圈子。"每当回忆起我现在最好的朋友当初都是陌生人时，我的畏惧感就消失了。"他说，"所以，我看见一个女子在捆扎冬青树枝，或是一群男子在修理冰鞋，就想到：在我开口与他们谈话之前，他们都是陌生人，而一旦我跟他们说话，他们就将成为我的朋友甚至知己。而我，因为了解他们，所以将拥有新的朋友。"

我不依不饶地说："那么，你就不怕被别人误解吗？"

"如果怀着一颗真诚而同情的心，同时又有着对友谊的渴求，"吉萨说，"对方一般不会误解你的动机。我遇见过不少表面上自负、冷若冰霜的人，但我发现他们并非麻木不仁，他们同我一样热切地需要友情。我极少遭遇哪怕是一丁点儿的不欢迎。朋友，绝不能让畏惧成为逃避的借口。遭遇新的、不平常的人物，并不会比轻车熟路的老交情危险——而它肯定更能催发激情。"

随后的经历，证明了吉萨之言是多么的正确。

无论到哪里，他总能轻易地与那些不同职业的人进行对话，并且得到新鲜撩人的信息。我们曾一同旅行到一座花岗岩的采石场，看到一群人踮着脚尖小心翼翼地走，还扛着旗，像是朝着危险迈进。我们完全可以不加理会地走过去，但吉萨询问了一个扛着旗的人。几分钟后，那个人告诉我们一个令人惊骇的事件：原来许多年前，工程师们曾在这座采石场打了50个洞，在每个洞里装上炸药，然后点燃，结果有一些引线出了问题，只有一半的炸药爆炸了。所以，多年以来，无论怎么劝，工人都不愿接近这块地方，眼看这地方就要荒芜了。而今由于工人们接受了双倍的报酬，向这座废弃的采石场宣战，所以它又重新开放了。

另一次，在国家公园美丽的湖畔，吉萨注意到了一个人在专心致志地画草图，吉萨很有技巧地引他交谈。吉萨发现他竟是有意思的海洋园艺家，这个人把他的想法称为"池塘构图"。他告诉我们，在环绕着古代阿兹台克首都的众多湖泊中，有不少漂流的岛屿，上面长满树和美丽的鲜花，"我相信我有了如何重建这些岛屿并使它们继续移动的方案，现在我就将我的想法画成草图，希望能引起公园管理委员会的兴趣。"

在回家的路上，我说："这个人和这张草图，是我遇见的最有趣的事件之一。"

吉萨点头同意后又轻轻加上一句："如果等待别人的介绍，即使再过一千年你也不会和他说话的，不是吗？"

"请别取笑我，我知道我错失许多，只是不知道你是如何使他人开口说话的。"

"与陌生人对话，"吉萨说，"一开始就要切入主题，那些不着边际的空话和大惊小怪的问题只会惹人厌烦。你只有对陌生人正在进行的事情怀有衷心的关切，才能说出中肯的话来。然后你等待他的反应，他必定会作出反应，因为，对于他人的关切以及对他的工作表示兴趣，任何人

都会感到无限快乐。譬如那个在公园画草图的人，假如他不是感到愉快，他就绝不会跟我们谈这么多话。没有人愿意将自己的珍宝展示给无动于衷的人，但是他一旦看见我们从他的谈话中获得极大乐趣，他就会尽力满足我们，以延长我们的快乐。他为什么要这么做呢？原因很简单，因为每个人都发现：他自己最大的快乐就是能够给人以快乐。"

心灵 寄语

任何人、任何事都是从没有到有的过程，就像是友情，从之前的彼此不熟知，到最终的彼此默契，都是由没有到有的过程的一个体现，朋友之间的情谊是积累的，而不是一开始就有的，感情也是越来越深的，而不是初次相识就会积累很深的。

花期之约

月光一刀

一个普通居民小区里的一栋楼房，天台上有一个被遗弃荒废的花盆。当春天来临时，每个角落都有生命在萌动。盆里长出一株小草，嫩绿得如同春女神裙边的颜色。在一个阳光明媚的早晨，天台的门响动，出现一个女孩儿，她漫无目的地在天台上散步，很快她的目光被天台上唯一的一抹绿色吸引，她走到花盆边蹲下身子，凝神看着小草，陷入了沉思，阳光照在她的后背，仿佛为她打上了一个光环。

小草在女孩儿出现后，目光就从未离开过她。当她蹲下，小草不由得又兴奋又紧张地屏住呼吸。当她那红润的脸上透出温柔的笑容，伸手轻轻地摸了摸小草，从她手中传递来的温热使小草战栗起来，忍不住的快乐使他在醉人的春风中舞动着。

她微笑说："舞出活力和希望，这是生命的舞蹈吧。"对她来说是喃喃自语，而小草却听懂了——万物天然通晓精灵的语言，只有人类忘记了。

"你是什么野花呢？开花的时候一定要通知我来看你呀。"她就这么做出了约定后离开了。

　　小草托风神打听她的消息，知道她就住在楼下这一层，一个人早出晚归，经常疲惫地蜷缩在沙发中，听任音乐一遍遍响着，神色是那么忧伤无助。小草的小小的心从此被她占满，我能为她做点什么呢？

　　吸收太阳的热量，挺过酷暑的考验，熬过飞鸟的啄食，能健壮而信心十足地成长，只因为小草心里那个"我一定要开花"的念头吧？而秋天就这么来临了。

心灵 寄语

　　每个人都有自己的信念，这信念不是为自己，而是为别人。正是这种信念，才使生命披上了光环，才使大地拥有了阳光。而信念可能源于别人的一句赞美，可能源于某件轰动的事件……但不论怎样，都要让信念开花结果。

新生活从选定方向开始

晓 雪

比塞尔是西撒哈拉沙漠中的一颗明珠，每年有数以万计的旅游者来到这儿。可是在肯·莱文发现它之前，这里却是一个封闭而落后的地方。这儿的人没有一个走出过大漠，据说不是他们不愿离开这块贫瘠的土地，而是尝试过很多次都没有走出去。

肯·莱文当然不相信这种说法。他用手语向这儿的人问原因，结果每个人的回答都一样：从这儿无论向哪个方向走，最后还是会转回到出发的地方。为了证实这种说法，他做了一次试验，从比塞尔村向北走，结果三天半就走了出来。

比塞尔人为什么走不出来呢？肯·莱文非常纳闷，最后他只得雇一个比塞尔人，让他带路，看看到底是为什么？他们带了半个月的水，牵了两峰骆驼，肯·莱文收起指南针等现代设备，只挂一根木棍跟在后面。

10天过去了，他们走了大约800英里的路程，在第11天的早晨，他们果然又回到了比塞尔。

这一次肯·莱文终于明白了，比塞尔人之所以走不出大漠，是因为他们根本就不认识北斗星。在一望无际的沙漠里，一个人如果只凭着感觉往前走，他就会走出许多大小不一的圆圈，最后的足迹十有八九是一把卷尺的形状。比塞尔村处在浩瀚的沙漠中间，方圆上千公里没有一点参照物，若不认识北斗星，又没有指南针，想走出沙漠，确实是不可能的。

肯·莱文在离开比塞尔时，带了一位叫阿古特尔的青年，就是上次和他合作的人。他告诉这位青年，只要你白天休息，夜晚朝着北面那颗星走，就能走出沙漠。阿古特尔照着去做了，果然三天之后就来到了大漠的边缘。阿古特尔因此成为比塞尔的开拓者，他的铜像被竖在小城的中央。铜像的底座上刻着一行字：新生活是从选定方向开始的。

一个人无论他现在多大年龄，他真正的人生之旅，也是从他设定目标的那一天开始的。只有设定了目标，人生才有了真实的意义。

有个年轻人去采访朱利斯·法兰克博士。法兰克博士是市立大学的心理学教授，虽然已经70岁高龄了，却保有相当年轻的状态。

"我在好多好多年前遇到过一个中国老人，"法兰克博士解释道，"那是二次大战期间，我在远东地区的俘虏集中营里。那里的情况很糟，简直无法忍受，食物短缺，没有干净的水，放眼所及全是患痢疾、疟疾等疾病的人。有些战俘在烈日下无法忍受身体和心理上的折磨，对他们来说，死已经变成最好的解脱。我自己也想过一死了之，但是有一天，一个人的出现扭转了我的求生意念——一个中国老人。"

年轻人非常专注地听着法兰克博士诉说那天的遭遇。

"那天我坐在囚犯放风的广场上，身心俱疲。我心里正想着，要爬上通了电的围篱自杀是件多么容易的事。一会儿之后，我发现身旁坐了个中国老人，我因为太虚弱了，还恍惚地以为是自己的幻觉。毕竟，在日本的战俘营区里，怎么可能突然出现一个中国人？

"他转过头来问了我一个问题，一个非常简单的问题，却救了我的命。"

年轻人马上提出自己的疑惑："是什么样的问题可以救人一命呢？"

"他问的问题是，"法兰克博士继续说，"'你从这里出去之后，想做的第一件事情是什么？'这是我从来没想过的问题，我也从来不敢想。但是我心里却有答案：我要再看看我的太太和孩子们。突然间，我认为自己必须活下去，那件事情值得我活着回去做。那个问题救了我一命，因为它给了某些我已经失去的东西——活下去的理由！从那时起，活下去变得不再那么困难了，因为我知道，我每多活一天，就离战争结束近一点，也离我的梦想近一点。中国老人的问题不只救了我的命，它还教了我从来没学过，却是最重要的一课。"

"是什么？"年轻人问。

"目标的力量。"

"目标？"

"是的，目标、企图、值得奋斗的事。目标给了我们生活的目的和意义。当然，我们也可以没有目标地活着，但是要真正地活着，快乐地活着，我们就必须有生存的目标。伟大的艾德米勒·拜尔德说：'没有目标，日子便会结束，像碎片般地消失。'

"目标创造出目的和意义。有了目标，我们才知道要往哪里去，去追求些什么。没有目标，生活就会失去方向，而人也成了行尸走肉。人们生活的动机往往来自于两样东西：不是要远离痛苦，就是要追求欢愉。目标可以让我们把心思紧紧系在追求欢愉上，而缺乏目标则会让我们专注于避免痛苦。同时，目标甚至可以让我们更能够忍受痛苦。"

"我有点不太懂，"年轻人犹豫地说，"目标怎么让人更能够忍受痛苦呢？"

"嗯，我想想该怎么说……好！想象一下你肚子痛，每几分钟就会有一次剧烈的疼痛，痛到你会忍不住呻吟起来，这时你有什么感觉？"

"太可怕了，我可以想象。"

"如果疼痛越来越严重，而且间隔的时间越来越短，你有什么感觉？你会紧张还是兴奋？"

"这是什么问题，痛得要死怎么可能还兴奋得起来，除非你是被虐待狂。"

"不，这是个怀孕的女人！这女人忍受着痛苦，她知道最后她会生下一个孩子来。在这种情况下，这女人甚至可能还期待痛苦越来越频繁，因为她知道阵痛越频繁，越表示她就快要生了。这种疼痛的背后含有具体意义的目标，因此使得

疼痛可以被忍受。

"同样的道理，如果你已经有个目标在那儿了，你就能忍受达到目标之前的那段痛苦期。毫无疑问，当时我因为有了活下去的目标，所以使我更有韧性，否则我可能早就撑不下去了。我看见一个非常消沉的战俘，于是我问他同一个问题：'当你活着走出这里时，你想做的第一件事是什么？'他听了我的问题之后，渐渐地，脸上的表情变了，他因为想到自己的目标而两眼闪闪发亮。他要为未来奋斗，当他努力地活过每一天的时候，他知道离自己的目标更近了。

"我再告诉你另一件事。看着一个人的改变这么大，而你知道是你说的话对他有了这么大的帮助，那种感觉真是太棒了！所以我又把这当成自己的目标，我要每天尽可能地帮助更多的人。

"战争结束之后，我在哈佛大学从事一项很有趣的研究。我问1953年那届的毕业学生，他们的生活是否有任何企图或目标，你猜有多少学生有特定的目标？"

"50％。"年轻人猜道。

"错了！事实上是低于3％！"法兰克博士说，"你相信吗，100个人里面只有不到3个人对他们的生活有一点想法。我们持续追踪这些学生达25年之久，结果发现，那有目标的3％的毕业生比其他97％的人，拥有更稳定的婚姻状况，健康状况良好，同时，财务情况也比较正常。当然，毫无疑问，我发现他们比其他人有更快乐的生活。"

"你为什么认为有目标会让人们比较快乐呢？"年轻人问。

"因为我们不只从食物中得到精力，尤其重要的是从心里的一股热诚中来获得精力，而这股热诚则是来自于目标，对事物有所企求，有所期待。为什么有这么多人不快乐，一个非常重要的原因就是因为他们的生活没有意义，没有目标。早晨没有起床的动力，没有目标的激励，也没有梦想。因此他们在生命旅途上迷失了方向和自我。

　　"如果我们有目标并且去追求的话，那么生活的压力和张力就会消失，我们就会像障碍赛跑一样，为了达到目标，而不惜冲过一道道关卡和障碍。目标提供我们快乐的基础。人们总以为舒适和豪华富裕是快乐的基本要求，然而事实上，真正会让我们感觉快乐的却是某些能激起我们热情的东西，这就是快乐的最大秘密。而缺乏意义和目标的生活是无法创造出持久的快乐的，这就是我所说的目标的力量。"

心灵 寄语

　　生活就像赛跑一样，当我们知道了所要跑的方向，就会全力以赴地向终点跑去。生活就是这样，有了方向就要为之奋斗，让我们的理想成为现实，有了方向就一定会成功。

我曾经想吻你

忆 莲

3岁那年，只因为晚吃了一个星期那种彩色的小药丸，小儿麻痹症这个可怕的病魔便缠上了我。任母亲怎样流泪，父亲怎样叹息，都换不回女儿最美丽的一双腿了。从此，我的人生也便与众不同。

好在我的父母永不放弃希望，在他们的关爱中，我和其他孩子一样上学了。少年不识愁滋味，我的童年过得很快乐。不能与伙伴们一起跳皮筋，我可以在屋子里看书，看各种各样的童话，也挺好。然而人总是要学着慢慢长大。一次，读了安徒生的童话《海的女儿》，我哭了，我理解小人鱼。为了能有一双健康的腿，能与别人平等地站立在一起，我情愿付出我的生命，哪怕像小人鱼一样成为一堆泡沫。

因为腿不好，我家一直住在一楼。颜树搬来时，我正坐在窗前看《海的女儿》，小人鱼让女巫把她的尾巴变成一双可以走的腿，那样她就可以和王子一样站立着行走了。颜树的目光落到我的脸上，阳光灿烂。我使劲摇着轮椅，离开他的目光。

青春是在遇到颜树的那一天拉开序幕的。在此之前，我并没有那样在意自己不能行走这个事实。当颜树把手伸给我，说以后我来帮你上学时，我忧郁的目光落到了干树枝一样的双腿上。自卑如潮水一般涌上心头。

颜树住在我家楼上，他比我高一年级。很自然地，每天早上他都等在门口，与我一同去上学。那时，我很爱听他讲话。他父亲是个考古工作者，每年寒暑假，他都会随父亲去好多地方。而我的目光只停留在家与学校的两点上。他说，裳儿，你读过那么多书，将来一定会成为作家的。我淡淡地笑，抬头看见天上淡淡的蓝，忧伤一点点在心头渲染开来。

我让妈妈去给我买漂亮的衣服，然后打扮自己，却每每在镜子面前发呆。颜树，他像树一样挺拔，而我，多想能和他站在一起呀！

我开始练习着拄拐杖。妈妈用不解的目光看着我，我笑着说：站起来走路，会离梦近些。妈妈不再问。汗水洇湿了我的头发，手臂像木头一样麻得没了知觉，不知摔了多少个跟头。终于，我可以拄着双拐站在颜树面前了。我只比他矮一点点。他说：裳儿，干吗这么辛苦，我可以照顾你的。我轻轻地说：我想站着和你在一起！他的眼里满是不解，是的，他是不会明白我这样一个女孩的心思的。

有了颜树的日子就仿佛有了色彩，他带我去各种我没去过的地方，遇到台阶或者楼梯，他就背着我。他的肩很宽，我趴在上面，呼吸着他身体的气味，多希望能和他在这长长的路上一直走下去啊！

在斜斜的夕阳下，我闭上眼睛，许下心愿。颜树轻轻地问：裳儿，你的梦想是当作家吗？

我摇摇头。我多想告诉他，我一遍遍地想：如果能站起来吻你，那该有多好啊！可是终于没有说出口。

颜树终于还是走了。他的目标在远方，他的世界不会为我停留。他从来不知道我的梦想与他有关。

后来，我终于遇到了那个肯陪我走完长长一

生的人。他肯陪我站在街边发呆，肯推着我的轮椅满世界找一本书，肯为我抚去心头的忧郁。我的笑容花一般绽放在爱情里。

我对他说：如果能站起来吻你，那该多好啊！他揉揉我的头发说：傻丫头，这有什么难！这样就可以。说着，他蹲下身来，我的唇吻上他的额。

我不是美人鱼，不能用踩在刀尖上的疼痛来换取站立的自由。幸运的是，我的王子肯为我矮下身来，和我一样目视前方，这就够了。

心灵寄语

人生没有失败，自己就是独一无二的，要自信地面对人生，大胆地去追求我们的希望，只有放弃才是失败，追求梦想，青春无悔！

草莓的味道

雁 丹

　　好不容易才从大堆大堆的书本和作业里，盼来了个可爱的星期天。可天空却很倔强，仍旧大滴大滴地掉着眼泪。几个朋友早约好一起去爬山的，可看着这情形，全然没了兴致。于是，我们就一把伞下藏俩人，在校园里瞎逛。快到校门口的时候，一阵清香的味道吸引了我们，我最喜爱的草莓香，已经一年没闻过了，真的怪想念的。

　　也不知谁提议，干脆一个人买一包草莓回寝室卧谈得了。于是，我们立刻进行分工合作，一人打伞，一人选购，气氛好不热闹。连那雨点打在伞上的声音也被我们满载而归的笑声给湮没了。说实在的，我对草莓有种特殊的感情，或许是因为他的缘故吧，他曾经说过："我们的爱情像草莓，酸酸甜甜的。"也许是吧，要不为什么直到现在我还能清楚地记得这句话。把洗净的草莓，放在嘴里咬了一口，没想到的是，一年后的草莓还会是同一个味道，只是物是人非罢了。也许是多情的雨滴总爱触及太多感伤的故事吧，我使劲将头甩了甩，一切都很现实，我应该继续品尝我可爱的草莓。

　　因为买得太多，直到晚上还剩了一大包，哎，就留着它吧！于是，我便在最深的夜里枕着草莓的味道睡着了。一股清香把我带入了一片大草原，他牵着我的手，温柔地对我说："我陪你去看海。"我高兴得几乎跳了起来，惊奇又疑惑地望着他："真的吗？真的吗？"我还没来得及听到回答，只见一阵风吹过，他突然松开我的手，向着与我相反的方向奔跑，我奋力追赶着，可他却没有回头，也不曾停留。等我跑累了，便倒在草地上睡着了。当我醒来的时候，发现我的脚浸在水里，一片蓝色的大海从我耳边轻轻地流过。好美的大海，可我只能独自欣赏……

我从睡梦中醒来，发现枕巾湿了一大块，我眯着一双红肿的眼睛极不情愿地穿衣服。我被这个熟悉而又陌生的梦折腾了一夜，苦不堪言。伸手抓了一颗草莓，心想或许草莓的味道可以驱走一切烦恼。可当我把它送到嘴里的时候，才发现味道与昨天全然不同，我赶紧吐了出来，原来草莓已经坏掉了。

后来，好友们告诉我，草莓是不能留过夜后再吃的。噢，原来如此，草莓虽然好吃，却只是瞬间的。就像我跟他的爱情一样，甜美而陶醉，可那毕竟是一刹那的感觉，虽然有流星划过长空的浪漫，但也避免不了流星拖着尾巴坠落的忧伤。

我突然有一种想哭的冲动，可我却哭不出来。注定只能一个人去看海，谁也强求不了。只是我依然会记住那种味道，爱情里的草莓味——酸酸的，有一点儿甜。

心灵 寄语

青涩的青春，青涩的爱情，是人生中的一份美好记忆，酸中带甜，留下成长的印迹。

风中的等待

方 然

远雨，带来了凉意。

站在风中，倾听你遥遥的呼唤，那声音微弱极了，却震颤着我心灵的每一根琴弦。在呼唤声消失之后，所有的往事从风中飘来……

就是在风中，我们曾放飞了心中的鸽群，风把我们的鸽群化成一只只相思鸟。从此，我的相思鸟和你的相思鸟在起风的日子穿行，于是青春季节，我们开始懂得相思的苦涩和美丽。

就是在风中，我们一次次别离，一次次捂面而哭。别离，使我们心碎，使我们沉痛不已。站在路口，你凝视我，眼神是那样伤楚，风吹起了你的秀发，你把头发向后一甩，温柔地对我说："要是人间没有分离，该多好啊！"于是，我的镜片潮湿了，在上车的那一刹那，视线中的你一片模糊啊。

就是在风中，我们一次次重逢，一次次相拥而笑。重逢使我们欢愉不已。你一边挽着我的手，一边用脉脉的目光打量，仿佛是怕我从你的视野消失，这份深情将我旅途的劳累赶走了。在风中，我们享受着重逢的甜美。很多回，你傻乎乎地对我说："要是人生总是重逢，该是多么惊心动魄！"于是，我觉得你如北方

的一片洁白的雪野，让我感到纯真的辉煌。

远雨是你的泪。

站在风中，思念着你。让我的思念和情感随着风飘向你。你要等着我，也许我永远不能回来；你要等着我，也许你永远不会走向我。然而，用心等着，在心中等着。无法实现的爱也要爱，而且是真爱。

站在风中等你。

你站在风中等我。

等待，是一种无言的美丽；等待，是一种黑暗中的希望；等待，是一首永恒的歌；等待，是一种情感的信念。

虽然等不来永久的相聚，却会等来千古不灭的恋情，却会等来永久的问候，永久的祈祷，永久的亮光。

站在风中，我终于明白：这就是青春！这就是爱情！这就是幸福！

心灵 寄语

虽然从此等不来永久的相聚，却会等来千古不灭的恋情，却会等来永久的问候，永久的祈祷，永久的光亮。

很爱很爱你

采 青

高二的时候，别人还忙得昏天黑地，可我父母已早早地替我办妥了出国手续，只等我领到毕业证去美利坚了。

我们班上有个叫大P的男生特能说，一般播音习惯是早自习"体育快递"，课间插播"时政要闻"，午间休息"评书连播"，晚自习"Classical Music"，可每次考试他总有本事晃晃悠悠蹭到前几名。班主任拿他没办法，只好让他在最后一排和我这个"逍遥人"一起"任逍遥"。

那时候大P又黑又瘦，面目狰狞，读英文像《狮子王》里的土狼背古诗，真的，后来我们逛动物园时，猴子见到他都吱吱乱跑。

刚和我同桌的时候，有天晚自习，他大唱《我的太阳》，我在一旁偷着喝可乐，唱到高音时他突然转头问我一句"嗓子怎么样"，我嘴里含的可乐差点全喷了出来，气得我重捶了他好几下，他却跟没事似的，说我打人的姿势不对所以不够狠。我请他教我，他倒挺认真，还让我拿他开练。第二天上学见着我，他头一句就是："十三妹，昨儿你打我那几拳都紫啦！"边说还边捋袖子叫我看。

后来我想，这段感情大概就是从这儿开始的吧。以后大P一直叫我"十三

27

妹"。

我跟大P的交情在相互诋毁和自我吹捧的主题下愈加巩固，我们像哥们儿似的横行高三年级，要多默契有多默契。

我听过一种说法，每个人都是一段弧，能刚好凑成一个圆圈的两个人是一对儿，那时我特别相信这话。我越来越感到我和大P的本质是一模一样的——简单直接，毫无避讳。我自信比谁都了解他，因为他根本就是我自己嘛。有一回我对大P说："我好想在高三待一辈子。"我没理会大P大叫我"天山童姥"，我心里有个念头，这念头关乎天长地久。

那年高考，大P进了北大。而我刚到洛杉矶，隔壁的中餐馆就发生爆炸，我家半面墙都没了。之后我搬家，办了一年休学，给大P发了封E-mail，内有三个字"我搬了"，没告诉他我新家的电话。

新家的邻居是一对聋哑夫妇，家里的菜园是整个街区最好的。他们常送来些新鲜蔬菜，我妈烧好了就叫他们过来吃。我从来没见过这么恩爱的一对儿，有时候他们打手语，我看着看着就会想起那一个圆圈来，想起大P，心里一阵痛。

我买了本书，花了一个秋天自学了手语，就这样我慢慢进入了这个毫无声息的世界。他们听不见，只能用密切的注视来感应对方，那么平和从容，这是不得安生的大P永远不能理解的世界。

我闲来无事，除了陪陪邻居练练手语外，就是三天两头地往篮球馆跑，替大P收集NBA球员签名或者邮去本月最新的卡通画报，感动得他在E-mail上连写了十几个P，还主动坦白正在追女生。我在电脑前呆坐一个下午，反反复复跟自己说一句话："别哭！别哭！这又没什么不好。"可到了吃晚饭的时候，我已经流不出眼泪了。

再往后讲就是春天了，我还是老样子，只是手语有专业水准了，大P在我这个"爱情导师"的悉心指导下，也已初战告捷。我想，只要他快乐，我就应该快乐，能做他的哥们儿，也不错。纽约交响乐团要来演出，背着父母替别人剪草坪忙了一个月才攒够门票钱。偷偷把小型录音机带了进去，给大P灌了张Live版Classical Music。大P回E-mail却抱怨我只顾听音乐会，第一盘早录完了都不知道，漏了一大段。我在心里默念着"对不起！对不起！"眼泪又流了出来。

6月份我回北京，大P参加的辩论赛刚好决赛。我不想让他知道我回来，悄悄溜进了会场。这一年来大P变得像模像样的了，他总结陈辞时所有人都又笑又鼓掌，他发挥得很好。辩论结束，大P他们赢了。下场时我看见一个长得挺清秀的女孩笑着朝大P迎了过去。

回美国后我的信箱里有两封信是大P的。第一封说他在辩论决赛场上看见一个人跟我简直一模一样，他叫十三妹，那人没理他，可见不是，不过能像成这样，真是奇了。第二封说他现在的女朋友虽好，但总感觉两人之间隔着什么，问我怎么我们俩就可以直来直去呢？

我在电脑上打了一封回信，告诉他其实我才是他的那半个圆圈，只是我们再也没有办法凑成一个圆。

这封信我存着没发。

我没有告诉大P我家的电话。

我总能很容易地得到球星签名。

我背着父母赚钱看演奏，连磁带录完了都不知道。

我不想让大P知道我回了北京。

我就这样悄无声息地放弃了我的半个圆圈。

因为，中餐馆爆炸后，我只能靠助听器生活了。

心灵 寄语

爱一个人，就是要让他快乐，幸福。为了想让对方幸福，牺牲自己，这是爱的至善至美境界。

坚持自己的选择

有一种信念叫作坚持，这种坚持需要的是勇气，是耐力，是信心。世人若想达到的目的，必须要有这种信念才可以成功，才可以得到他人的认可。

坚持自己的选择

慕 茵

　　有一个年轻人，好不容易获得一份销售工作，勤勤恳恳地干了大半年，非但毫无起色，反而在几个大项目上接连失败。而他的同事，个个都干出了成绩。他实在忍受不了这种痛苦，于是在总经理办公室，他惭愧地说，可能自己不适合这份工作。

　　老总沉默了一会儿，平静地说："就这样走了，以失败者的身份离开？你真的甘心？"年轻人沉默不语。"安心工作吧，我会给你足够的时间，直到你成功为止。到那时，你若坚持要走我也不留你。"老总的宽容让年轻人很感动。

　　过了一年，年轻人又走进了老总的办公室。不过，这一次他是轻松的，他已经连续7个月在公司销售排行榜中高居榜首，成了当之无愧的业务骨干。他想知道，当初老总为什么会将一个败军之将继续留用呢？"因为，我比你更不甘心。"老总的回答完全出乎年轻人的预料。

　　年轻人大惑不解，老总解释道："记得当初招聘时，公司收到100多份应聘材料，我面试了20多人，最后却只录用了你一个。如果接受你的辞职，我无疑是非常失败的。我深信，既然你能在应聘时得到我的认可，也一定有能力在工作中得到客户的认可，你缺少的只是机会和时间。与其说我对你仍有信心，倒不如说我对自己仍有信心——我相信我没有用错人。"

从老总那里，年轻人懂得了，只要给别人以宽容，给自己以信心，将来也许就会是一个全新的局面。

心灵 寄语

有一种信念叫作坚持，这种坚持需要的是勇气，是耐力，是信心。世人若想达到目的，必须要有这种信念才可以成功，才可以得到他人的认可。

爱能使我们相互扶持

宛 彤

1983年春天，玛格丽特·帕崔克走进东南老人疗养中心，开始了她的疗养生活。

米莉·麦格修是疗养中心一位细心的员工，当她向玛格丽特介绍疗养中心基本情况的时候，注意到玛格丽特盯着钢琴看的那一霎那，流露出异常痛苦的神情。

"怎么了？"米莉关切地问。

"没什么，"玛格丽特柔声说，"只是看到钢琴，勾起了我的许多回忆……"米莉默默聆听着眼前这位黑人钢琴演奏家谈起她过去辉煌的音乐生涯，不禁为玛格丽特残废的右手深感惋惜。

"您稍等一下，我马上就回来。"米莉突然有所醒悟地说。过了一会儿，她回来了，身后紧跟着一位娇小、白发、戴着厚重眼镜的白人妇女。

"这位是玛格丽特·帕崔克。"米莉帮她们互相介绍，"这位是露丝·艾因柏格，也曾是位优秀的钢琴演奏家，但她现在跟您一样，自从中风后，就没办法弹琴了。艾因柏格太太有健全的右手，而玛格丽特太太有健全的左手，我有种预感，只要你们默契合作，就一定可以弹奏出优美的作品。"

"您熟悉肖邦降D大调的华尔兹吗？"露丝客气地问。玛格丽特点点头："非常高兴能认识您，我们的确可以试一试。"

于是，两人并肩坐在钢琴前的长椅上。琴键上出现两只健全的手，一只是黑色的手，另一只是白色的手。这黑白左右两只手，流畅、协调且很有节奏感地在键盘上跳动。

从那天起，她们经常一起坐在钢琴前——玛格丽特残废的右手搂住露丝的肩膀，露丝残废的左手搁在玛格丽特膝上。露丝用健全的右手弹主旋律，玛格丽特用灵活的左手弹伴奏曲。

她们同坐在钢琴前，共享的东西不只是音乐，除肖邦、贝多芬和施特劳斯的音乐外，她们还发现彼此的共同点比想象的要多得多——两人在丈夫去世后都过着单身生活，两人都是很好的祖母，两人都失去了儿子，两人都有颗奉献的心。但若失去了对方，她们独自演奏钢琴是根本不可能的。

露丝听见玛格丽特自言自语地说："我被剥夺了演奏钢琴的能力，但上帝给了我露丝。"

露丝诚恳地对玛格丽特说："这五年来，你也深深地影响、温暖了我，是上帝的奇迹将我们结合在一起。"

随着时间的推移，她们的演奏越来越完美。她们在电视、教堂、学校、老人之家、康复中心频频露面，备受欢迎，甚至超越了过去的辉煌。因为她们不仅让听众、观众感受到了音乐的快乐，更让他们感受到了爱的力量。

当灾难降临的时候，如果只靠自己的力量，可能无法摆脱厄运。玛格丽特和露丝的故事让我们懂得了，爱能使我们相互扶持，更能在

这个世界上创造出伟大的奇迹！

心灵 寄语

　　有爱就有希望，生活中遇到的很多事情都是可以感动人的，然而爱永远都会令我们感动，对生活充满爱，让人间充满希望，对人对事都是一种教育。

友情的树枝

冷 薇

友情像一棵树，只要你细心栽培，它就可以枝繁叶茂。但这毕竟是棵树，有些枝要好好地保护，而有些枝却要果断地修剪掉，只有这样，树才能顺利生长。

有一枝叫敏感，它总是放肆地生长着，烦扰着我对朋友的心情。我曾经过于注重朋友对自己的态度，而不关心原因，我总认为友情应是专一的，最好的朋友只有一个，所以也要求朋友对我也同样专一，永远充满热情。无论何时我需要帮助，甚至半夜把朋友从梦里拉起来聊天，她（他）也应毫无怨言，我不允许被朋友冷落，即使高朋满座，也不能把我遗忘……后来，在失去了许多朋友之后，我才明白，友情是默默关怀。每个人都在为生活奔忙着，只要彼此知道牵挂着对方，有了困难便无条件地帮忙，至少我知道有可诉苦的去处，这就足够了。何必对友情苛刻呢？于是，我果断地砍掉这枝树杈。

有一枝叫抱怨。即使是再要好的朋友，也不能忍受他（她）的抱怨，友情是美好的，但不是完美的，就像世间的事物一样。朋友之间也难免会有误解或矛盾，每个人都有性格，也许你不会当面指责朋友的错误，但若到另一个朋友那里去说闲话，那情况就更糟了。因为你失去的将不只是一个人的友谊。我毫不犹豫

地砍下这一枝。

面前又有一枝叫自视聪明。如果你有才华或自视有才华，而且觉得自己雄心勃勃，或事业小成，就可以趾高气扬地在朋友面前炫耀，并自恃内行而压制别人的思想，那是非常错误的。因为朋友之间是平等的，当你失败的时候，正是他们来安慰你、鼓励你，每个朋友都见过你落魄和奋斗的全过程，并为你的成功而高兴，如今你的狂妄只会让人感到那么虚假和忘恩负义，骄傲会变成对友情的轻视，当你认为友谊不那么重要时，它便会悄悄地远离了。赶快剪掉它。

还有一枝名叫忌妒。这是人性中的一块阴影。有时，面对朋友的成功心中除了喜悦之外，还多少有些失落的酸涩，这是危险的，那么友谊迟早会出现裂纹。其实一个人的幸福，与朋友共同分享就成为大家的幸福，个人的痛苦，分成几份来承担，也就不称其为痛苦了。砍掉吧，别犹豫！

精心修剪之后，我发现友情这棵树只剩下了真诚、关怀、信任，快乐地伸展着枝条，旺盛地生长成一片葱郁。此时，我发现树的顶端有一只饱满而红艳的友情果实正高挂着，等我去采摘。

心灵寄语

友情是需要朋友之间的相互帮助，相互关怀来维持的，犹如文中所说的大树，把真正的友谊当做是一种甘露来培育树，而不良的心境则需要适时地修剪，从而使得我们的友谊之树成为我们所希望的神圣之树。

改邪归正

冷 柏

古时候，有一个家境贫穷的少年，名叫苏达。他为了生存，不得已做了小偷。他天资聪颖，又肯用功，等到他25岁的时候，在这个行业里已经是响当当的人物了。苏达有个习惯，就是从来不偷穷人，不偷有德的人家。虽然这样，周围的人还是以他的职业为耻，不太和他来往。到了30岁，苏达的家境已经很富裕了，也结了婚，有了孩子。于是他就想改邪归正，好让家人在乡邻面前能够抬起头来。

他首先去找自己的邻居，一个卖油的商人，希望能到他店里当伙计，可是邻居说现在市道不好，雇不起更多的伙计，婉言拒绝了他的请求。苏达明知道这是托词，可是想到自己原来是个小偷，也就没脸再说什么了。苏达后来又找了很多人，可是那些人都以各种各样的理由拒绝了。没办法，他就和妻子一起开了家面条铺。可是没支撑几天，店铺就因为生意冷清而倒闭了。加上这些天来，旧日那些道上朋友又天天来劝他重操旧业，为此苏达很是苦恼。

正在这时，他听说楚国的将军子发正在招募士兵和有一技之长的人，于是他就鼓起勇气，去拜见子发。他跪在地上，诚心诚意地说："我从前由于家境贫穷，做了小偷，但我现在愿意改邪归正。如果您能收留我，我愿为您上刀山下油锅，在所不辞。"

他说完之后，本以为子发一定会派人把他赶出去，可是没有。只见子发高兴地从座位上站起身来，扶起他，并对他施了一个礼，说："我现在正缺少像你这样的人，加上你这么有诚意，我真的很高兴你能投靠我们。"

苏达受宠若惊，他长这么大，从来没有一个人这样尊重过他。于是他决心洗心革面，好好报答子发。

可是子发手下的官员和兵士却不像子发一样尊重苏达。相反，他们极为看不起他，多次劝说子发要把他赶出去。在遭到子发拒绝之后，这些人就把苏达分到一个最苦最累的军营去，让他整天干扛石头之类的体力活儿。苏达长得很瘦，没几天就累得倒在了地上。

也是天不绝他，这时适逢齐国兴兵攻打楚国。楚王派子发率军前去迎战，可是连打了几次都以失败而告终。苏达听到这个消息，很是着急。他拖着病体前去求见子发，但被守在军帐外的兵士拦在了外面。苏达进不去，就着急得大声嚷嚷起来。

这时子发正召集大小将领商议退齐兵的策略，听到外面有人叫嚷，就问什么事。兵士进来回报说："外面有个名叫苏达的人想见你。"

"苏达？"子发猛然记起这不久前来投靠的小偷，他高兴地说，"他来一定是有办法，快快请他进来！"

将领们听说苏达以前是个小偷，都摆出一副不屑的样子，心想，我们这些人想了那么多计策都不行，一个小偷能有什么办法？

苏达进来之后，子发赶紧请他坐下，问他可有什么打败敌人的良策。

苏达说："我没有什么打败敌人的良策。"

众将领都哈哈大笑起来："没什么良策你过来做什

么？"

"我虽然不能在战场上打败敌人，但有个让
敌人退兵的方法。"

"什么方法？"子发着急地问。

"我只能悄悄地对将军说。"

众将领听了非常生气，说："你以为你是
谁，竟然这么不知天高地厚！"

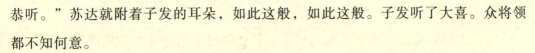

可是子发却没在意，他制止各位将领，然后
把自己的耳朵送到苏达的嘴边，说："我愿洗耳
恭听。"苏达就附着子发的耳朵，如此这般，如此这般。子发听了大喜。众将领
都不知何意。

当天夜里，苏达蒙着面，偷偷地溜进了齐军营内。凭着他的功夫，很轻易地
就躲过了守卫的士兵。只见他蹑手蹑脚地走进齐国将军的营内，神不知鬼不觉地
把他的帷帐偷了出来。

回到楚营之后他把帷帐交给了子发。子发便派使者将帷帐送还齐营，并对齐
国将军说："我们有一个士兵出去砍柴，得到了将军的帷帐，现特前来送还。"
齐国将军和其他将领们听了，都面面相觑。

第二天夜里，齐国军营便加强了守卫。本来这对苏达来说也是小菜一碟，可
是他前几天累伤了身体，在快要到达齐国将军军营的时候，脚下一滑，惊动了一
位士兵。幸好苏达及时地使出了看家本领，只听到"吱，吱"两只老鼠的叫声，
那位士兵就走开了。这次苏达取回了齐国将军的枕头。

子发天亮之后又派人送还，齐国将军气得要命，又怕得要命。他气呼呼地对
手下说："今天夜里，全部人都不许睡觉，睁大眼睛给我看清楚了。"

这时有将领劝道："将军别着急，不要中了楚人的圈套。您想，他故意派兵
来骚扰我们，让我们晚上睡不好，这样白天就没法和他们作战了。"

将军想想也是，于是就只比昨天增加了一倍的守卫。

可是苏达还是潜进了军营，这次他偷来了齐国将军的簪子。

当子发第三次派人将簪子送还时，齐国将军再也受不了了，他说："如果今天再不退兵，楚军只怕要取我的人头了！"将士们虽然觉得退兵不妥，可是又没更好的办法，只好退兵回去了。

子发重赏了苏达，说要是没有他，不知还要死伤多少士兵。苏达回答说："将军这是哪儿的话。如果没有将军，小人只怕还是一个被人耻笑的小偷。"

心灵 寄语

每个人都会犯错，就像苏达。但是只要能改过，每个人都是平等的，建立功勋的事情也一样会发生，而我们也该给犯错的人改过的机会，让每个人都走向正确的方向。

贫瘠的土地

凝 丝

美国一所著名学院的院长，继承了一大块贫瘠的土地。这块土地，没有具有商业价值的木材，也没有矿产或其他贵重的附属物，因此，这块土地不但没能为他带来任何收入，反而成为他支出的一项来源，因为他必须支付土地税。

州政府建造了一条从这块土地上经过的公路。一个人刚好开车经过，看到了这块贫瘠的土地正好位于一处山顶，可以观赏四周连绵几公里的美丽景色。他同时还注意到，这块土地上长满了一层小松树及其他树苗。他以每亩10美元的价格，买下这块50亩的荒地。在靠近公路的地方，他盖建了一间独特的木造房屋，并附设一间很大的餐厅，在房子附近又建了一处加油站。他又在公路沿线建造了十几间单人木头房屋，以每人每晚3美元的价格出租给游客。餐厅、加油站及木头房屋，使他在第一年净赚15万美元。

第二年，他又大事扩张，增建了另外50栋木屋，每一栋木屋有三间房间。他现在把这些房子出租给附近城市的居民们，作为避暑别墅，租金为每季度150美元。

而这些木屋的建筑材料根本不必花他一毛钱，因为这些木材就长在他的土地

上。（那位学院院长却认为这块土地毫无价值）

还有，这些木屋独特的外表正好成为他扩建计划的最佳广告。一般人如果用如此原始的材料建造房屋，很可能被认为是疯子。

故事还没有结束，在距离这些木屋不到5公里处，这个人又买下占地150亩的一处古老而荒废的农场，每亩价格25美元，而卖主则相信这个价格是最高的了。

这个人马上建造了一座100米长的水坝，把一条小溪的流水引进一个占地15亩的湖泊，在湖中放养了许多鱼，然后把这个农场以建房的价格出售给那些想在湖边避暑的人。这样简单地一转手，使他共赚进了25万美元，而且只花了一个夏季的时间。

这个有远见及想象力的人，却未受过正规的"教育"。

在提到上面所叙述的那段故事时，那位以500美元的价格售出50亩"没有价值"土地的学院院长说："想想看，我们大部分人也许都会认为那人没有知识，但他把他的无知和50亩荒地混合在一起之后，所获得的年收益，却远远超过我靠所谓的教育方式所赚取的五年总收入。"

心灵寄语

教育虽然说是必要的，但是经过教育的人往往丢失了一种思想，那就是遐想。如果我们遇到问题，一般会用学过的东西来思考，但是没学过知识的人，会用很多独特的想法来解决问题，这就是创新，我们需要创新来丰富生活。

不习惯的时候
就是成长的时候

碧 巧

一只鲷鱼和一只蝾螺在海中，蝾螺有着坚硬无比的外壳，鲷鱼在一旁赞叹着说："蝾螺啊！你真是了不起呀！一身坚强的外壳一定没人伤得了你。"

蝾螺也觉得鲷鱼所言甚是，正得意扬扬的时候，突然发现敌人来了，鲷鱼说："你有坚硬的外壳，而我没有，我只能用眼睛看个清楚，确知危险从哪个方向来，然后决定要怎么逃走。"说着，鲷鱼便"咻"的一声游走了。

此刻呢，蝾螺心里在想：我有这么一身坚固的防卫系统，没人伤得了我啦！我还怕什么呢？便静静地等着。

蝾螺等呀等，等了好长一段时间，也睡了好一阵子了，心里想：危险应该已经过去了吧！于是就乐着，想探出头透透气，冒出头来一看，它立刻扯破了喉咙大叫："救命呀！救命呀！"

此时，它正在水族箱里，外面是大街，而水族箱上贴着的是：蝾螺××元一斤。

此时，不知你的感想如何，这篇寓言告诉我们：过分封闭自己或自我膨胀的人，都将丧失自我成长的机会，自陷危险之境而不自知！

同样的道理，你也听过煮青蛙的故事吧，当把一只青蛙放进一锅烧得滚烫的开水中时，它一下子就会从里面跳出来。但是把青蛙放在温水里，然后在锅底下慢慢加温，让青蛙在温水里自由地游泳，当水温慢慢升高的时候，青蛙丝毫没有感觉，当它感觉到不舒服想跳出来的时候，双腿已经没有力量——它被煮熟了！

面对改变，我们时常会觉得有些不习惯，或者感觉有些压力，甚至是恐惧，可是我要告诉你：这正是你成长的时刻！

如果你不想接受这些不习惯或者压力，那么就去做你原来一直都在做的、一直都习惯做的事情，当然你也将一直都是过去的你。若想要真正成长，那就要突破舒适的范围，也就是要暂时地失去安全感……所以，当你感觉自己有些不习惯，有些紧张或者压力，甚至是恐惧的时候，起码要知道，你正在成长……

她离开办公桌，复印了一份资料，不过3分钟时间，一只蚂蚁爬上了她刚买的黑森林蛋糕。

那蛋糕是她的午茶点心，这下享用的兴致全没了。

她拿起叉子把蚂蚁取出，然后质问它为什么破坏她的好心情。浑身沾满奶油的蚂蚁慢条斯理地回答："我饿了，被蛋糕的香味给吸引过来了。"蚂蚁又说："我的食量小，吃不了多少，给我一小角蛋糕，就够了。"她听了更是火大，不顾形象，指责它："你的身份哪配跟我一起吃相同的东西？"

她告诉蚂蚁，它应该去找残余的食物，怎么可以堂而皇之与她分食？蚂蚁说："我有我的人格，不想卑微地讨生活。"蚂蚁不想庸庸碌碌地了此一生，所以才选择到这陌生且危险的城市。

经它这么一说，她心软了："你不怕无法适应？"她怀疑。

"只有做过了，才知道是怎么回事。光是害怕，有什么用！"蚂蚁又接着说，它不觉得它的人生只有一条路可以走，它相信它的生命中充满了无限可能。

她一语不发，心情顿时复杂起来。这些年，她最大的困境，是知道自己要什么，却始终未曾付诸行动，她不懂自己为何迟疑，或者应该说，她怕改变。

然而，胆小的人，注定要失去生命中的种种精彩与美丽。因此，她只能原地打转，也许不会更坏，但也绝对不会更好。

她回过神，有了新的决定，准备把整块蛋糕送给蚂蚁。蚂蚁却谢绝了她的好意，它说，它已经尝过滋味，想再去试点别的。

而她，一个新的生命规划已经成形，蓄势待发。

心灵 寄语

人都是在逆境中不断成长的，当我们在不断长大的过程中，经历的事情会越来越多，困难也就越来越多，面对这些困难我们难免会有些不习惯，但是当我们由不习惯变成习惯的时候，我们会发现，我们已经有了进一步的成长。

思念有痕

安 然

寂静的幽夜，一只鸟的哀鸣，惊醒了我的梦，惶惑中，我静静地低想，那是从我梦中发出的哀鸣吗？

我瘫卧在床上，胸前压着一片孤独，感到精神上无奈的疲惫。回忆之船，漫过漆黑的夜，缓缓驶来……

那是一个玫瑰色的季节。街上的梧桐刚爆出嫩叶，风还有徐徐凉意，雨连绵不绝。你踏着三月的雨花，从遥远的水域向我悸动的心上驶来，让两颗孤寂而凝冻的精灵越过生命的荒原，相撞于那个心神不定的夜晚。

那时，我们走在同一巨大的翅膀下，所有的故事，都开始在一条芳香的河边涉江而过，温馨如你的诗行。于是，我的天地弥漫着甜蜜和幸福，我如同接纳阳光一般永远地接纳了你。我努力将自己抛掷至你喜欢的高处，天真地隐藏在你的一片爱中。

相偎而行的路总是很短暂又很绵长，那有星无月的夜总是神秘而悠远，那爱的凝望和轻拥令我彻夜、彻夜地无眠。我无悔地四处飘泊，只为追逐那呼唤我、却又不知把我引向何方的你的声音。真的，为了这一生一世的情缘，我愿把我的生命连同一生的幸福都给你。然而，也许是现实生活将你我挤压得过于沉重，也许是你翘首叩门的双手倦怠得已无力抬起……我们带着一身的重负，走过春，走过夏，走过落叶飘满的秋，走过泪水浸满的冷冬。终于，你我的故事带着一声无奈的尾音，随着远去的寒冬，遗憾地消失在那显得有些无望的天空，我孤苦的灵魂开始更为迷茫地流浪……

其实，那仅仅是一次短短的分别，你以最快的速度消失在情感的最脆薄处，曾经充满爱的天空开始倾斜。

你的英姿开始慵倦，你的身上散发出疲惫愁苦的矛盾。我的心跳进你那双深潭似的眼睛里，也无法明白为什么会是这样。我无奈地静观着这种变化。我想用更多的温情更多的努力唤回从前的你。你默默地彷徨着，慌乱地躲避着我探询的目光；你的心思如同紧闭的门扉，让我无法开启。

你我的情站成了相望的岸。两岸美丽的艾叶，在痛苦地抖动。我那悲伤的目光，击不穿这遥远的水域。我再也不愿摇动手中的桨，惧怕划破心上和脸上的皱纹。我将自己变成一只飘往高空的风筝，我的思念因你放长了线越来越绵长。

春去秋来，季节已成熟为一颗诱人的果，而你我的爱因现实的沉重而变得那么生涩。你我共同付出的力量，也未能走出熙攘人群的尘世，未能走出充满诱惑的人生曲径。我那永存的泪水竟没能使一朵小花四季不败。

阳光带着沉重的炽热，纠缠着我的思绪。我曾努力地忘却，可灵魂深处的呼唤却让记忆一次又一次地复活，无奈的情感敲打着我本来就沉重的日子。我似一个穿越沙漠的旅人，艰难地在焦渴的伤口中跋涉。

在我转身离去的脚步声里，我听到自己心的破裂声。

没有你的日子，我不知该做些什么，默默地收拾起自己残破的情感，去做漫长的旅行。愿风之手，慢慢为我梳理岁月的疲惫。

夏日将逝的夜晚，我猛然看见你溢满忧伤的泪眼和充满自责的面庞，我的目光顿时模糊，我那抬起的脚步如断裂般戛然停止。

我不知道，沿着这虚弱的掌纹，我们还能走到一个圆满的句子里去吗？那些曾经甜蜜曾经痛苦的故事，能否作为我们深深浅浅的向往？

沿着长长的泪水，我开始重新建造这间爱的泥屋，为的是能够让它抵御冬的寒冷，躲过春的雷雨；为的是找回从前的你我，让我们能够再次朝夕相对而坐。

一个季节的隐退预示着另一个季节的来临。我无法拒绝岁月的流转，我也无法拒绝现实留给我的回忆。

我以想象的脚步缩短你我间的距离……

夜晚的天空中没有鸟飞过的痕迹，我却听到了你的声音。

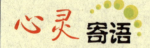

心灵 寄语

爱的故事，在来来去去中延续。这就是生命和爱情，这就是我们的人生。所有的思念和记忆，都是人生的碎片，美而空灵。

如果没有那只鸟

静 松

我是个很容易急躁的人。婚后，在许多琐事上，我都习惯与林锱铢必较，争吵不休。

一天下午，下班回到家，我打电话告诉林，让他在下班的路上捎几个馒头，他说没问题。

天渐渐地黑下来，我把粥和菜都已经做好了，可是他还没有回来。

我有些担忧，又有些生气。

终于听到了门响。他回来了，两手空空。

"馒头呢？"我的怒火升腾起来。

"没买。"他的脸色居然很平静。

"你让我怎么打发今天晚上这顿饭？为什么总把我的话当耳边风？"我气愤地嚷道。

林一直没有做声。等到我发作完毕，他才走到我的身边，小心地卷起了衣袖——他的胳膊上居然缠着一层厚厚的纱布！

我吃惊地看着他。

"下班的路上，我被一个骑摩托车的人撞伤了。那个人跑掉了，我只好自个儿去医院包扎。口袋里的钱全部都交了医药费，所以就没有钱买馒头了。"林有条不紊地解释着。

我捧着他的胳膊，想起自己刚才的野蛮态度很愧疚，好久说不出话来。

"很疼吧？"我终于问。

林摇摇头："其实我很庆幸。"

"庆幸？"

"是的，我一直庆幸撞倒我的是一辆摩托车，而不是一辆卡车。否则，我连听你骂我的机会都没了。"

我的泪水一下涌了出来，一瞬间，我想起了曾经读过的一个故事——

一雌一雄两只鸟共同生活。冬天到了，雄鸟每日辛辛苦苦地出去捡果子以备冬贮。他终于捡了满满一巢，可是过了不久，他发现果子忽然少了。雄鸟责备雌鸟："捡果子多么难啊，你居然一个人偷吃了许多。"雌鸟辩解说："果子是自己少的，我没有偷吃。"雄鸟不相信，并为雌鸟无力的辩解感到十分生气，便赶走了雌鸟。后来天下了大雨，风干萎缩的果子被雨水泡得胀大起来，又成了满满的一巢。然而此时只剩下雄鸟在整日哀啼："雌鸟啊，你现在在哪里？"

当时读了这个故事，我并不是十分在意，似乎也不大明白故事的意思。但是现在，我突然顿悟了。

不要说一巢果子，就是一树果子，一山果子，一世界果子又有什么意义呢？如果没有了那只鸟。

同样，不要说几个馒头，就是一桌佳肴，一件华服，一幢豪宅，一身金饰又有什么意义呢？如果，如果没有了那个人。

从此，遇事我学会了冷静。

因为我知道：有时候误会的代价是很昂贵的，昂贵得让我们一生都承载不起。有时候看似粗糙的一个手势，就会埋下一种命运的沉痛。

心灵 寄语

　　两个人一起生活，需要的是互相宽容，互相忍让。如果因为一时的不忍让，一时的任性与发泄，而导致不可挽回的后果，那么，即使有再多的金钱，再多的升迁机会，没有了那个人，一切还有什么意义？

打往天堂的电话

杨晓丹

　　我有一个小小的报刊亭，上午的生意总是比较清淡。那天，我正在百无聊赖地翻看杂志打发时间。"先生，我想打电话。"突然听到一个轻柔的声音。我抬起头，是个瘦小的女孩儿，不高，十八九岁光景。

　　我指指电话机："你自己打吧，长途用左边电话打……"

　　女孩儿先左顾右盼一阵，又焦急地望望我，似乎有些紧张，犹豫一下后终于用颤抖的手拿起话筒。我一看就明白了，这个女孩儿有可能是第一次打电话，担心自己闹笑话而遭他人嘲笑呢。我赶紧知趣地一转头，装着认真看杂志的样子，不再去留意她。

　　女孩儿把号码按了一通，又手忙脚乱地放下话筒，可马上又拿起话筒。又一阵惊慌失措地按号码……

　　我自始至终没有去理会她，而是低头阅读杂志，我想我若一抬头，一定会加重她的慌乱。

　　"妈妈，妈妈，我跟玲子姐姐到了深圳。我现在进了一家电子厂，工资好高，经常加班，加班费可多了，我这个月发了716元钱，我寄回去给弟弟交学费，还有给阿爹买化肥，还给姥姥买药；我们工厂伙食可好了，每天都有大肉吃，有时还有鸡哩；我给自己买了条裙子，红色的，很好看……"女孩儿越说越快，但接下来她开始擦眼睛和鼻子，声音也嘶哑起来。"妈妈，我想弟弟，想阿爹，我想回家，我想你，妈妈，我想你，呜……我想……"就像放连珠炮一样，女孩儿把话说完，然后放下话筒。大约由于紧张，话筒放了3次才完全放回到电话机上。

她按住自己的胸脯，急急地喘气。待了好一阵，才用红红的眼睛望我，低声问我："先生，请问多少钱？"看着她那副紧张的模样，我心中一酸。犹豫了一下，我说："小妹，别紧张，缓缓气，其实你再多说一会儿也无所谓……"

女孩儿重重地点头："谢谢。多少钱？"

我低头往柜台下望去，天哪，我发觉电子显示器上没有收费显示，女孩的电话根本没有打通！我张口结舌地抬起头来："对不起，重新打吧，刚才的电话没有打通……"

女孩儿不好意思地擦擦眼睛，说："我晓得，我们家乡没通电话，我妈妈也去世了……但我真的好想好想像别人一样给妈妈打打电话说说话……"

我目瞪口呆了好久，最后恍然大悟。从此以后。我与女孩儿相约每个周六上午，她可以来打免费电话。那是一个打往天堂的电话，是她可以把所有喜怒哀乐跟妈妈尽情诉说的电话。

心灵寄语

亲情，是最宝贵的。而用心帮助别人呵护心中的亲情，更难能可贵。人间处处有真情，真情无处不在，真情战无不胜。

破釜沉舟，志在必得

雅枫

有一位经验丰富的老船长，当他的货轮卸货后在浩瀚的大海上返航时，突然遭遇了可怕的风暴。水手们惊慌失措，老船长果断地命令水手们立刻打开货舱，往里面灌水。"船长是不是疯了，往船舱里灌水只会增加船的压力，使船下沉，这不是自寻死路吗？"一个年轻的水手嘟囔道。

看着船长严厉的表情，水手们还是照做了。随着货舱里的水位越升越高，船一寸一寸地往下沉，可依旧猛烈的狂风巨浪对船的威胁却一点一点地在减少，货轮渐渐平稳了。

船长望着松了一口气的水手们说："上万吨的巨轮很少有被打翻的，被打翻的常常是根基轻的小船。船在负重的时候，是最安全的；空船时，则是最危险的。"

这就是"压力效应"。那些得过且过，没有一点压力，做一天和尚撞一天钟的人，就像风暴中没有载货的船，往往一场人生的狂风巨浪便会把他们打翻。

压力，能使人在思想感情上受到多方撞击，从中感悟人生的真谛，从而自觉把握人生的走向。有一个在某重要部门任职十多年的中年人，手中有点儿权，但他不以为傲，为人正直，洁身自好，人际关系亦不错。当谈及这方面的情况时，他说："这应得益于当年知青上山下乡的磨炼。人要有所为，就要有所不为。该做的一定要做好，不该做的坚决不做。人要有所得，就要有所失。该失去的东西就要毫不吝啬，甚至忍痛割爱。得到的并不一定就值得庆幸，失去的也并不完全是坏事情。能否从容对待、恰当处理这些问题，就看自身的修养和品德了。"

相反，人若是太幸运了，离开压力的"哺育"、悲痛的"滋养"，常常就是浅薄的。懒于思考，不知天高地厚，也不知自己的能力究竟有多大，最终只能碌碌无为，成为坠地尘埃。

理智地对待因压力而形成的适度紧张，能增强大脑的兴奋过程，提高大脑的生理机能，使人思维敏捷、反应迅速。破釜沉舟的故事便是化压力为动力的最好证明。

项羽率领楚军援救赵国，看到秦军十分强大，将士中出现了畏战情绪。项羽便亲自率领一支精干部队打先锋，直接迎战秦军的主力。当部队过了滔滔漳河，项羽命令部下："把过了河的船通通凿穿，沉于河底；把做饭的锅全部砸碎，丢弃不要。军队只带三天的粮草，急行军迎击敌人。"和秦军交战后，楚军因为失去了退路，个个奋勇当先，结果取得了九战九胜的战绩，一举扭转了整个战局。

破釜沉舟，背水一战，战无不胜，志在必得！

心灵 寄语

压力是可以转化为动力的，压力往往是帮助我们成功的动力，一帆风顺只是给不懂得面对困难的人的礼物，在逆境中，我们才会更懂得如何去克服困难，去做好每一件事！

友谊的故事

沛 南

　　小东、小南、小西、小北四个女孩儿是好朋友。从初中到高中，从高中到大学，四个好朋友形影不离，不管缺了谁都像一只漂亮的碗缺了个口子一样地不完美。十几年的时间，不但为她们储蓄了丰富的知识，也为她们储蓄了深厚的感情，她们彼此关怀，彼此信任，彼此倾诉。生活就像一张美丽的大网，而四个女孩儿就在这美丽的大网里编织着精彩的人生。

　　转眼毕业在即，眼看就要各奔东西，女孩们恋恋不舍，可天下无不散之筵席，十几年同窗终须一别。到了临别的最后一天晚上，四个女孩儿决定每人写上一句祝愿的话，放在一个罐子里，埋在她们经常去学习、玩耍的那棵大树底下，等到以后四个人聚在一起的时候，再把它挖出来看看那些祝愿是否变成现实了。罐子埋好以后，怕被别人发现，女孩儿们又在上面铺了一层树叶，而后四个人抱头痛哭了一场。

　　光阴似箭，一晃八年过去了。女孩儿们都已为人妻，为人母，同时也在各自的公司中担任重要的角色。在这八年中，她们从没见过面。也许是生活的压力太大，工作的竞争太激烈，时间对她们来说变得尤其宝贵。在这紧张的空气中，友谊渐渐地被忽略，大树底下的祝愿也越来越模糊。

一次意外的机会让四个女孩儿碰到了一起。一位海外华侨要回国投资大笔的资金以回报祖国，准备在自己的母校召开一个竞选会，届时将会在其中挑选一个公司作为投资对象。小东、小南、小西、小北同时接到了这个消息，她们都对自己充满了信心，况且华侨的母校正是她们的母校。四个人带着全盘的把握与难以抑制的兴奋踏上了去母校的路。四个人没想到再次的重逢竟是这样尴尬的局面，一下子竟无所适从。但眼看着离竞选会的日子越来越近，她们也顾不得重拾母校的风采与昔日的友谊，各自忙着准备材料、文件以及各种各样对自己公司有利的业绩。她们的认真、仔细、真诚也着实给华侨留下了美好的印象。可是投资的对象只有一个，四个人都陷入了极度的烦恼之中。

在竞选前一天的晚上，她们又聚到了一起。四人沉默不语。本来都想让其他三人把机会留给自己，可到了一起却怎么也说不出口了。最后还是小南提议说："还记得当年那棵大树下的祝愿吗？不如我们先打开看看吧。"大伙都同意。于是趁着皎洁的月色，她们又来到了那棵大树下，大树还是依旧。四个人一起动手把罐子挖了出来，打开，又把一张张纸条打开。四个人都震惊了，因为每张纸条上写着的竟是同一句话，"愿我们的友谊天长地久"。

那一夜，四个女孩儿又抱在一起痛哭了一场。

半年以后，小东、小南、小西、小北四个好朋友各自辞了职，成立了一家东南西北联合公司，正是那位海外华侨投资的公司。

友情是一种可以天长地久的情感，年少时的我们会结交很多的朋友，或许由于生活的压力等原因使得彼此逐渐疏远，但是在最终要决定重大问题的时候，往往朋友会悄无声息地重新聚首，共渡难关。

诚实带来的回报

佚 名

　　林小庄，是青岛市的一个小学生，圆圆的脸蛋儿，浓眉大眼，透着一股机灵劲儿。林小庄有一个特大爱好，那就是踢足球，什么利物浦、皇马、英超、德甲，都烂熟于心。不仅"理论"上头头是道，还经常和小伙伴一起参加"实践"，呵呵，当然是踢足球了。

　　放学了，林小庄迫不及待地和同学们跑向家属院的空地上，大家你追我赶。你攻我守，玩得正高兴。突然，林小庄一脚劲射，还大声喊道："进啦！"只听"哗啦"一声，咦？不是进球的声音啊？坏了！小伙伴们都睁大了眼睛，神情紧张，一定是……一定是不小心将球踢到邻居赵叔叔的汽车上，把汽车的车窗玻璃打碎了。小朋友们见闯了祸，一个个跑回家去，只有林小庄呆呆地站在了那里。他想跑开，可是，总觉得良心受到谴责，最后，他终于决定亲自登门承认错误。刚搬来该市居住的赵叔叔原谅了林小庄，但仍将此事告知了林小庄的父母。当晚，林小庄向父亲表示，他愿意拿出自己一直没有舍得花的压岁钱赔偿赵叔叔的损失。

　　第二天，林小庄在父亲的陪同下，再度登门拜访赵叔叔，说明来意后，岂料赵叔叔笑着说："好孩子，你如此诚实，又愿意承担责任，我不但不要你赔偿，还乐意将这辆汽车送给你作为奖励，反正这辆汽车我也打算淘汰了。"

原来，赵叔叔是一位商界的精英，他以诚信在商界广交朋友，并取得了巨大的成绩。所以，当他看到林小庄——一个11岁的孩子能勇于承担责任，承认错误时，被深深地打动了。

回到家，林小庄简直不敢相信这一切是真的，可是赵叔叔说到做到，第二天就派人送去了汽车。由于林小庄的年纪还小，不能开车，所以这辆汽车暂由其父代为保管。不过他已找人修理好车窗，还经常为车子洗尘打蜡，像对待宝贝一样。林小庄倚着他那辆心爱的车说："我恨不得快快长大，好驾驶这辆车。我至今仍然不敢相信它是我的。"他还说，"经过这次事件的教训，我更懂得诚实是可贵的。我一生都会诚实待人。"

心灵 寄语

诚实是我们做人的根本，我们每个人都需要诚实。试想一下，如果世界上每个人都坦诚地互相对待，这世界将变得多么美好。

有一种桥永走不尽

语 梅

　　尽管，功利的缘故往往是因为不得不功利——谁都想让自己生活得更好一些。但是，心存着一份功利，神情到底不像那些心无功利的人一样明朗和坦荡，总是流露出一丝压抑已久的自卑和不甘。大学生活已经接近了尾声，同学们早已开始为毕业后的出路而忙碌，她和大多数人的处境相似，没有什么太理想的工作。出身贫门，家境清寒，无权无势，学业也并非是出类拔萃，命运凭什么一定要厚待自己？

　　然而，她还是不甘心。青春的快车道里，迟一步就是迟百步，她明白。既然明白，她不想让自己明知故犯。

　　幸好，她生得美。

　　她取出自己最珍贵的赌注。

　　"可以让我看看这本书的目录吗？"那天黄昏，在图书馆，她轻启朱唇，淡淡地问对面的男孩儿。

　　男孩儿看了她一眼，脸顿时涨红了。其实这个时刻，他期待已久，心都快生茧了。

　　他慌慌地把书递过去："你也对这本书有兴趣……"

　　从此，情海生波，再无宁日。

　　男孩儿相貌一般，但为人忠厚，不乏聪慧，却绝不滑头。最重要的还有两点：一、他一直都在默默地倾慕她。二、他的父亲是一位高干。

花前月下，海誓山盟。她如一位演戏的高手，坦然地做着这一切。有时，她自己都以为自己真的爱上了他。

"一定一定要记住，桥归桥，路归路。桥既然是桥，就总有一天会走过。如果把桥看成是路，那害的才是我自己。"一个人的时候，她常常这么悄悄地对自己说一番，然后就会慢慢地冷却下来。

"你到底有没有一点儿爱我？"似乎是有什么预感，男孩儿有时会这么不自信地问。

"又不是称东西，什么叫作一点儿？"她心虚地笑，"你爱我有多少点？"

"那不是一点儿，是整个儿的。"他说，"可是我觉得你和我不一样。"

"男人和女人当然不一样。"

"我是指爱情的投入。"

"你干脆直说我根本不爱你好了。"她尖锐地说。她知道有时把话讲得狠一些并不可怕，反而会显得自己振振有词，"那我干吗还要和你这样？你是不是以为我是在爱你的家庭，你的背景？那好，我不沾你了行不行？"她的神情怒极，"往后，咱们各走各的，我不敢要你真挚的爱情，我也不敢给你虚伪的爱情！"

他忙赔笑道歉，顿时妥协。

水到渠成。盛夏来临之际，他和她双双找到了理想的工作。一年的试用期里，她小心翼翼地与他保持着温度。试用期满后，她开始有计划有步骤地疏远他。她含蓄地找茬子，文雅地挑骨头，蛮横地耍脾气，尖酸地使小性，用各种恰当的借口与巧妙的理由冷落着他，淋漓尽致地发挥着自己不可理喻的任性。想让他主动提出分手——似乎在她的感觉里，这样就不那么亏欠他。

"你，到底有没有一点儿爱我？"一次，她大闹之后，他忽然静静地问她，口气里不含一丝的愤怒，纯真如未染尘霜的孩童。

"以前，是有。"顷刻，她艰难地说。

"真的有吗？"他静静地追问。

她不敢看他的眼睛，泪水哗哗地淌了她一脸。原来，他什么都知道。他只是在用最大程度的认真去和她配戏。

"傻瓜，以后千万别这样了，多危险啊。你以为天下的男人都像我这样好

欺负吗？"他用宽大的手掌擦着她的泪，"以后别再借桥用了，要学会自己游泳。"

她哽咽难言，越发难过，却不明白自己在难过什么，直到他离开许久，她才想到追到窗边去凝视他的背影。

数年过后，她又经历了几次恋爱，奇怪的是，这些毫无功利目的的恋爱却都转瞬即逝，让她一次次失去了兴趣与感觉。一天晚上，她辗转难眠，居然惊骇地发现：在自己的灵魂深处，装的竟然还是那个被自己当作"桥"的人。而再也没有一个男人会像他那样，连自己对爱情的利用和亵渎都可以毫无芥蒂地理解、原谅和宽容。

这一种宽容，让她今生今世再也无法走出。

她犹豫了很久，终于拨通了他的电话。

"喂，你好！"她听见他说。她没有做声。

"是你吗？"静一会儿，他说。

她的泪水落在话筒上。

"为什么？"他又问。

"因为，桥不是路。"她说。

桥归桥，路归路。人生的许多经历和状况，我们都习惯了用截然不同的标准去划分。但是也许我们并不明白，桥与路在许多时候是分不清楚的。你以为永远也走不尽的长路，其实也许是一座有头有尾的短桥；而你以为过后即可拆掉的一座小桥，却也许是一段你一生也走不尽的长路。

心灵 寄语

蓦然回首，那人却在灯火阑珊处。最珍贵，最真挚的感情，也许就在最不经意处。因此，真诚地对待感情吧。

活着，就要学习

如果不想做一件事情，那么我们就会有很多很多的理由，就像学习，很多人觉得很苦，之后会有很多理由不学习，但是我们要知道，只有学习才会不断地进步。

活着，就要学习

秋 旋

拉比阿基瓦是一个贫苦的牧羊人，直到40岁才开始学习，但后来却成了最伟大的犹太学者之一。

传说拉比阿基瓦在40岁之前什么都没有学过。在他与富有的卡尔巴·撒弗阿的女儿结婚之后，新婚妻子催他到耶路撒冷学习《律法书》。

"我都40岁了，"他对妻子说，"我还能有什么成就？他们会嘲笑我的，因为我一无所知。"

"我来让你看点东西，"妻子说，"给我牵来一头背部受伤的驴子。"

阿基瓦把驴子牵来后，她用灰土和草药敷在驴子的伤背上，于是，驴子看起来非常滑稽。

他们把驴子牵到市场上的第一天，人们都指着驴子大笑。第二天又是如此。但第三天就没有人再指着驴子笑了。

"去学习《律法书》吧，"阿基瓦的妻子说，"今天人们会笑话你，明天他们就不会再笑话你了，而后天他们就会说：'他就是那样。'"

在故事中，阿基瓦妻子的意思就是他40岁去学习，即使别人会嘲笑他，但是时间久了就不会嘲笑了，因为什么时候学习都不迟。

心灵寄语

　　如果不想做一件事情，那么我们就会有很多很多的理由，就像学习，很多人觉得很苦，之后会有很多理由不学习，但是我们要知道，只有学习才会不断地进步。

人格的味道

诗 槐

　　一个乞丐来到一个庭院，向女主人乞讨。这个乞丐很可怜，他的右手连同整条手臂都断掉了，空空的袖子晃荡着，让人看了很难过，碰上谁都会慷慨地施舍于他，可是女主人毫不客气地指着门前一堆砖对乞丐说："你帮我把这堆砖搬到屋后去吧。"

　　乞丐生气地说："我只有一只手，你还忍心叫我搬砖。不愿给就不给，何必作弄人呢？"

　　女主人一点儿都不生气，她只是俯身搬起砖来。她故意只用一只手搬了一趟说："你看，并不是非要两只手才能干活儿。我能干，你为什么不能干呢？"

　　乞丐怔住了，他用异样的目光看着妇人，尖突的喉结像一枚橄榄上下滑动两下，终于他俯下身子，用他那唯一的一只手搬起砖来，一次只能搬两块。他整整搬了两个小时，才把砖搬完，累得气喘如牛，脸上有很多灰，几缕乱发被汗水浸湿了，歪贴在额头上。

　　妇人给乞丐一条雪白的毛巾。乞丐接过去，很仔细地把脸和脖子擦了一遍，白毛巾变成了黑毛巾。

妇人又递给乞丐20元钱。乞丐接过钱，很感激地说："谢谢你。"

妇人说："你不用谢我，这是你自己凭力气挣的工钱。"

乞丐说："我不会忘记你的，这条毛巾也给我留作纪念吧。"说完他深深地鞠了一躬，就上路了。

过了很多天，又有一个乞丐来到庭院。那妇人把乞丐引到屋后，指着砖对他说："把砖搬到屋前就给你20元钱。"这位双手健全的乞丐却鄙夷地走开了，不知是不屑那20元钱还是别的什么。

妇人的孩子不解地问母亲："上次你叫乞丐把砖从屋前搬到屋后，这次你又叫乞丐把砖从屋后搬到屋前。你到底想把砖放在屋后还是屋前？"

母亲对他说："砖放在屋前和屋后都一样，可搬不搬对乞丐来说可就不一样了。"

此后还来过几个乞丐，那堆砖也就在屋前屋后来回了几趟。

若干年后，一个很体面的人来到这个庭院。他西装革履，气度不凡，跟那些自信、自重的成功人士一模一样，美中不足的是，这人只有一只手，一条空空的衣袖，一荡一荡的。

来人俯下身用一只手拉住有些老态的女主人说："如果没有你，我还是个乞丐，可是现在，我是一家公司的董事长了。"

妇人已经记不起来他是哪一位了，只是淡淡地说："这是你自己干出来的。"

独臂的董事长要把妇人连同她一家人迁到城里去住，当城市人，过好日子。

妇人说："我们不能接受你的照顾。"

"为什么？"

"因为我们一家人可以靠自己生活得很好。"

董事长伤心地坚持着：

"夫人，你让我知道了什么叫人，什么是人格，那房子是你教育我应得的报酬！"

妇人终于笑了："那你就把房子送给连一只手都没有的人吧。"

心灵的境界是让生活得到快乐的源泉，用乐观的思想去面对生活中的种种困境，那么收获到的都将是一种快乐，我们需要到达的不就是这种境界吗？

冬日的蓝

雨　蝶

这座城市已经没有温度，冰冷冰冷。我在这座冰冷的城市里一直想念，一直想念。

反复不停地听着那首《可不可以不勇敢》，冬天到了，我变得很容易流泪。

错的时间遇见对的人，又或者对的时间遇见错的人都会随风而去，偶尔听人说起那些人那些事，微笑是我最常想起的表情。下一站下一段，可能就是对的时间，会遇见对的人，我还会不紧不慢地走着，听风唱歌，看落英缤纷每一天，刻着沉重的思念，说再见。在这梦幻国度最后的一瞥，清醒让我分裂再分裂。也许以后，梦魇里沉睡时会想念明天的喜悦；也许阳光已遗弃了这座冰苦的林野……颓废狂乱的季节，深埋着寂寞的废铁。

我们深爱着那片蓝色。一个人，背着沉重的大书包，走在回家的路上。夕阳照在脸上，除了西边还有半个太阳，整个天空都是灰暗的，像我的心情一样失落，脚踩在地上的银杏叶上，发出"嚓嚓"的响声。面向着只剩下几丝云彩的天空，一粒晶莹的东西从我脸上滑落……

我的心似乎被撕成一片、一片的，好痛。以前那群深爱蓝色的朋友都走了，就孤零零地剩下我一个，我好难过。"朋友就是一串音符，组成后就变成动人的旋律，如果不见了一个，那旋律就不再完整"。已经记不清这句话是谁说的了，只是第一次听见就莫名奇妙地喜欢，很熟练地背了出来，不见了一个，可以再填上一个，要是不见了一串呢，那还填补得上吗？

天空已经快黑了，开始飘下小雨，落在我脸上。这天说变就变，比我的心情变化还快，家门口那条河，呈现出一片若有若无的画卷。

也许我那份蓝色的、透明的、不堪一击的友情，早已破碎。雨下得更狂了，风也吹得更猛了，头发被吹散了，衣角也被吹起来了。泪、雨、风混在一起，任凭眼泪放肆地流着，任凭头发湿湿地贴在额头，任凭狂风"呼呼"地吹乱我的发丝，无助的我竟发出了轻轻的抽泣声……

爱身边的每个朋友，爱曾经拥有的一个个蓝色的梦，爱我们那份蓝色的友情，就像我们深爱那片蓝色……

我们的遇见只是一场误会吗？我们的眼泪是否出了意外？我们永远最相信自己的朋友，我们想知道永远有多远，忘川有多长，我们是一辈子的朋友！

心灵 寄语

城市的喧嚣不止，大自然的宁静纯净，难以融合。我们要学会告别烦躁，勇敢地走出青涩的岁月，给自己一片湛蓝的天空。

又见山溪

郭茂媛

又梦见家乡门口那条小溪了。没有人知道它是什么时候有的，只知道是岩边山麓众多沟谷的涓涓细流汇集而成。它穿过嶙峋突兀的山石，淌过盘根错节的古树，流经美丽富饶的梨花沟，一路欢歌，一路跳跃着来到了我的家乡——上杭树。

小时候，我最爱和阿强哥去小溪抓鱼了。赤着双脚站在冰凉的溪水中，两眼紧张地盯着阿强哥伸向长满青苔的石缝中的手。猛听得阿强哥兴奋地叫："抓到了。"我赶紧递过鱼篓，一尾银色的小鱼立即从阿强哥的指缝漏进鱼篓。待到中午，就能吃上新鲜的辣椒鱼了。累了，我们便随意地坐在溪边的大麻石上，把从水底捞上来的河卵石一粒粒扔进水中，溅起美丽的水珠无数。然后再听溪水潺潺，诉说小山村几百年间的兴衰变迁。

山村学校教室里琅琅的读书声，时常伴着操场外小溪淙淙的流水声。校舍掩映在翠竹丛中。此时的阿强哥是校篮球队的主力队员了。山外县城大姨的女儿寄来几张透明的图案极其精美的包糖纸，我视如宝贝，小心翼翼地夹进书中。它唤起了我们许多美丽的憧憬。

　　春节前夕，我回了一趟老家。坐在火塘边，红红的炭火映着阿强哥黑红的脸膛和那结实、健壮的身子，他俨然是一个地道的山里汉子了。他沉默地咂着烟，说粮食是有吃的了，每年总还有些余的，只是经济不活，他准备自办一个竹器加工厂。夜深了，阿强哥起身告辞。走出老屋，雪光将远处的山峦、梯田和近处的屋宇，朦胧地呈现在我的眼前。凝神静立，小溪叮咚地流淌，清晰地传进我的耳鼓。我情不自禁地踏着雪，朝小溪走去。

心灵 寄语

　　童年的记忆，纯真而美好。世事总在变迁，所以要珍惜过去、现在，为未来努力奋斗。这就是人生的意义和真谛。

成功就是打个洞

雁 丹

20世纪初，美国史古脱纸业公司买下一大批卷纸，因为运送过程中的疏忽，造成纸面潮湿产生皱纹而无法使用。

面对一仓库将要报废的纸，大家都不知道如何是好。在主管会议中，有人建议将纸退还给供货商以减少损失，这个建议几乎获得所有人的赞同。

亚瑟·史古脱却不这么想，他认为不能因为自己的疏忽而造成别人的负担。经过一段时间的思考与反复实验，最后，他决定在卷纸上打洞，让纸容易撕成一小张一小张的。

史古脱将这种纸命名为"桑尼"卫生纸巾，卖给火车站、饭店、学校等，放置在厕所里。意想不到的是，这种卫生纸巾因为相当好用而大受欢迎。如今，卫生纸已经成为人们日常生活中不可或缺的物品。

20世纪40年代，方块糖虽然是用防湿纸包装的。但是，密封纸张不管有多厚、有多少层，时间一长，方块糖仍会渐渐变潮，甚至变黄。各家制糖公司动员了不少专家，耗费了不少资金，就是找不到有效的防潮方法。

科鲁索是一家制糖公司的普通职员，因为每天都接触方糖，对方糖的性质很熟悉，工作之余，他琢磨着怎样才能够找到一个有效的防潮方法。他尝试了很多方法都没有效果。这天，他想，能不能逆向思维尝试一下呢？于是，他在方糖的包装纸上打了一个洞，结果，空气的对流使得方糖受潮现象消失了，终于解决了很多专家都头疼的问题。

滔滔商海，人们处处都会遇到障碍、遭受挫折，战胜困难的方法并不一定要投入大量的人力、物力、财力，有时只要换一种思维，问题就会迎刃而解，财富就会向你滚滚而来。

心灵 寄语

当你正在苦思冥想中，或许一个小小的转变就会使事情峰回路转，就如同卫生纸、方糖包装纸，它需要的就是一个换位的思维，一段动脑的时间。

回忆共同走过的记忆

采 青

　　他肯定是全神贯注于他阅读的东西之中了，因为我不得不急迫地敲打汽车的窗玻璃，才引起了他的注意。"您的车可以用吗？"当他终于看我时，我问。他点点头，我坐进了汽车的后座，他抱歉地说："对不起，我刚才在看一封信。"他说话的声音像得了感冒。

　　"家书总是很重要啊。"我说。估计他年纪有60岁或65岁的样子，我猜测道："是您的孩子……您的孙子寄来的吧？"

　　"这不是家书，"他答道，"尽管也很像家书。爱德是我的老朋友了。实际上，我们过去一直互相叫'老朋友'来着——我是说，我们见面的时候。我写信写得不怎么好。"

　　"我觉得我们谁也没能很好地保持通信联系。"我说，"我想他准是您的老相识了？"

　　"实际上是一辈子的朋友了。我们上学一直同班。"

　　"保持这么长时间友谊的人可不多哟。"我说。

　　"实际上，"司机接着说，"在过去的25年中我每年只见他一两次，因为我搬走之后，就差不多与他失去联系了。他曾是个了不起的家伙。"

"我注意到您说'曾是'。您的意思是说……"

他点点头："几个星期以前，他过世了。"

"对不起。"我说，"失去老朋友太叫人难过了。"

他没有答话。我们默默地行驶了几分钟。当他再开口说话时，他几乎是自言自语、而不像是在跟我说，"我本应该跟他保持联系才对。"

"嗯。"我表示同意，"我们都应该和老朋友保持比现在更密切的联系。不过不知怎么的，我们总好像找不到时间。"

他耸耸肩，"我们过去找得到时间的，"他说，"这一点在信中都提到了。"他把信递给我，"看看吧。"

"谢谢，"我说，"但是我不想看您的信件，这可是个人隐私啊……""老爱德死了，现在没有什么个人隐私了。"他说，"看吧。"

信是用铅笔写的，开头的称呼是"老朋友"。信的第一句话是：我一直打算给你写信来着，可总是一再拖延。他接下去说，他常常回想起他们共同度过的美好时光。信中提到这位司机终生难忘的事情——青少年时期调皮捣蛋的描述和昔日美好时光的追忆。

"您和他在一个地方工作过？"我问。

"没有。不过我们自单身的时候就住在一块儿。以后我们各自结了婚，有一段时间我们还不断来往。但很长时间我们主要只是寄圣诞卡片。当然，圣诞卡上总会加上些寒暄语——像孩子们在做什么事儿似的，但从来没写过一封正儿八经的信。"

"这儿……这一段写得不错。"我说。

"上面说，这些年来你的友谊对于我意味深远，远非我的言辞所能表达的，因为我不大会说那种话。"我不自觉地点头表示赞同。

"这肯定会使您感觉好受些，不是吗？"

司机说了句让我摸不着头脑的话，我接着说："我知道，我很想收到我的老朋友寄来的那样的信。"

我们快到目的地了，于是我跳到最后一段：我想你会知道我在思念着你。结尾的落款是：你的老朋友，汤姆。

我们在我下榻的旅馆停下车，我把信递还给他。"非常高兴和您交谈。"把手提箱提出汽车时，我说。

"我以为您朋友的名字是爱德，"我说，"他为什么在落款处写的却是'汤姆'呢？"

"这封信不是爱德写给我的，"他解释说，"我叫汤姆。这封信是在我得知他的死讯前写的。我没能发出去……我想我该早点儿写才对。"

到了旅馆，我没有立刻打开行李。首先我得写封信——发出去。

心灵 寄语

作为朋友，应该经常联系，然而在现在的社会，工作和生活的压力使得彼此之间的联系逐渐减少，但是却有很多和朋友之间的共同回忆，当我们回想起那些往事的时候便是一种幸福，而我们也更应该把握和朋友之间的感情，常常联系。

把聪明用到正确的方向上

向 晴

威尔伯和奥维尔决定做一个匣型风筝。威尔伯用量尺、三角板等绘制了图案，奥维尔去准备材料，于是两人用了两三天就制作完成了一架匣型风筝。

在一个闷热的晚上，他们悄悄地把支干上涂有磷光纸条的匣型风筝送上天空。这天晚上虽然没有一丝风，但他们的匣型风筝却升上了天空，而且升得很高。在闷热的夜晚，人们都喜欢在野外乘凉。突然，有一个人惊叫起来："你们看，那边亮亮的是什么东西？"人们顺着手指的方向望去，看到了一条发出青白色光芒的东西，在空中晃来晃去。"是妖怪！""是鬼火！"有人嚷道。一些胆小的人，赶快起身，踉踉跄跄地往家奔跑；小孩子吓得惊哭不已；大人们也以为是灾祸即将来临了，惊骇万分。

由于那可怕的、发着青白色光芒的东西连续几个夜晚都在空中出现，谣言传得越来越广泛，说得也越来越玄。就连一些报纸也刊登了这一消息。身为当地主教的密尔顿知道了这件事，他认为追查那个妖魔鬼怪是他的职责。于是他就在晚上来到野外，想亲眼见识一下人们传说的"妖怪""鬼火"。

密尔顿独自一个人在野外徘徊，他看到在远处有两个影子，再仔细一看，是他的两个儿子威尔伯和奥维尔。哥俩边走边谈着什么，只听哥哥说："明天把花炮带上去放，再把他们吓一吓。""好啊！看到他们那种害怕的样子，真有趣。"这两个孩子正为他们的杰作能吓唬住别人而开心呢。

父亲加快脚步，走近他们，出其不意地轻喝道："你们在搞什么鬼？"两个小家伙吓了一跳。"你们两个跟我回去！"父亲严厉地训斥道。回到家里，父亲以庄重的语气告诫他们二人：

"你们俩头脑聪明，手艺精巧，确实超人一等，我也很高兴。不过，运用聪明才智有三种情况，我得一一分析给你们听。第一种是把自己的聪明才智用在为民众服务上，这是利人行为，最值得鼓励；第二种是用来使自己获得荣誉、名声和利益，就像你们以前参加雪橇和自行车比赛，由于你们的聪明而获胜一样，这是利己行为，也还说得过去，不能算是什么坏事，不过，总不如第一种情况好；第三种是最最要不得的，靠自己的小聪明去伤害他人，看到别人被骗、受惊而暗自窃喜，这种愚弄人而取乐的行为，绝对不可原谅。

"你们都已经是念中学的年龄了，怎么可以做出如此恶作剧呢？你们应该将心比心，假如你们自己是被愚弄的一分子，你们的感受如何？凡事总要设身处地地为别人想一想，切不可只顾自己而不顾他人。

"今天的事情算是过去了，我不再追究，希望你们今后要照我的话去做。我再重复一遍，要把为民众服务作为第一宗旨，绝对不允许再做出伤害别人的事情来，你们千万要记住我的话，知道吗？"

这对小兄弟听了父亲的一番训诫后，心里知道了什么事情该做，什么事情不该做，对于是与非也有了明确的概念和了解。从此，他们将助人为乐铭记在心。这对小兄弟就是举世闻名的美国航空先驱、飞机发明家莱特兄弟。

心灵寄语

聪明的头脑可以做很多事情，如果用在正确的方向就会让世界进步，但是如果用在错误的方向，将会是社会的一种祸害，莱特兄弟的成功就深刻地给了我们这个启示。

审视自己

慕菡

　　几十年前，在纽约北郊曾住着一位姑娘叫沙姗，她自怨自艾，认定自己的理想永远也实现不了。她的理想就是每一位妙龄姑娘的理想：跟一位潇洒的白马王子结婚，白头偕老。沙姗整天梦想着，可周围的姑娘们都先后成家了，她成了大龄女青年，她认为自己的梦想永远不可能实现了。

　　在一个雨天的下午，沙姗在家人的劝说下找到一位著名的心理学家。握手的时候，她那冰凉的手指让人心颤，还有那凄怨的眼神，如同坟墓中飘出的声音，苍白憔悴的面孔，这些都在向心理学家暗示：我是无望的了，你会有什么办法呢？

　　心理学家沉思良久，然后说道："沙姗，我想请你帮我一个忙，我真的很需要你的帮忙，可以吗？"

　　沙姗将信将疑地点了点头。

　　"是这样的。我家要在星期二开个晚会，但我妻子一个人忙不过来，你来帮我招呼客人。明天一早，你先去买一套新衣服，不过你不要自己挑，你只问店员，按她的主意买。然后去做个发型，同样按理发师的意见办，听好心人的意见

是有益的。"

接着，心理学家说："到我家来的客人很多，但互相认识的人不多，你要帮我主动去招呼客人，说是代表我欢迎他们，要注意帮助他们，特别是那些显得孤单的人。我需要你帮助我照料每一个客人，你明白了吗？"

沙姗一脸不安，心理学家又鼓励她说："没关系，其实很简单。比如说，看谁没咖啡就端一杯，要是太闷热了就开开窗户什么的。"沙姗终于同意一试。

星期二这天，沙姗发式得体、衣衫合身，来到了晚会上。按照心理学家的要求，她尽心尽力，只想着帮助别人，她眼神活泼、笑容可掬，完全忘掉了自己的心事，成了晚会上最受欢迎的人。晚会结束后，有三个青年都提出了送她回家。

一个星期又一个星期，三个青年热烈地追求着沙姗，她最终答应了其中一位的求婚。望着幸福的新娘，人们都说心理学家创造了一个奇迹。

我们最不应该做的就是自怨自艾，那会使我们的眼睛被蒙蔽，最终使得我们离成功越来越远。相反，为什么我们不重新审视自己，看哪里做得不足，从而更好地完成每一件事情呢？

看重自己

人的一生很重要的是不要低估别人，但更重要的是不要低估自己，只有看重自己的人，才会有资格看重其他人，才会让自己在人生的道路上走得精神焕发，走得更加成熟。

简单道理

宛 彤

从前，有两个饥饿的人得到了一位长者的恩赐：一根鱼竿和一篓鲜活硕大的鱼。其中一个人要了那篓鱼，另一个人要了那根鱼竿，于是他们分道扬镳了。得到鱼的人原地就用干柴搭起篝火煮起了鱼，他狼吞虎咽，还没有品出鲜鱼的肉香，转瞬间就连鱼带汤被他吃了个精光。不久，他便饿死在空空的鱼篓旁。另一个人则提着鱼竿继续忍饥挨饿，一步步艰难地向海边走去，可当他终于看到不远处那片蔚蓝色的海洋时，他浑身的最后一点力气也使完了，他也只能眼巴巴地带着无尽的遗憾离开了人世。

又有两个饥饿的人，他们同样得到了长者恩赐的一根鱼竿和一篓鱼。只是他们并没有各奔东西，而是商定共同去找寻大海，他俩每次只煮一条鱼，经过长途跋涉，他们终于来到了海边。

从此，两人开始了以捕鱼为生的日子，几年后，他们盖起了房子，有了各自的家庭、子女，有了自己建造的渔船，过上了幸福安稳的生活。

一个人若只顾眼前的利益，得到的终将是短暂的欢愉；一个人即使目标高远，但也要面对现实的生活。

餐桌上，七八个汉子为打开一个恼人的酒瓶塞子几乎败了酒兴。经过他们轮流折腾，现在那个软木塞非但起不出，反而朝瓶内陷下去半厘米。有人提出应该用剪刀挑，有人则否定，认为木质疏松，不易成功；有人提出最好用一只螺丝钉旋进木塞，然后用力拔出，还是有人反对，认为即使稍微朝下用点力，木塞也会掉进瓶内；又有人认为最好的办法是用锥子对着木塞朝瓶颈壁的方向用劲插入，然后可望将木塞随锥子一起拔出，大家说主意虽好，可惜眼前找不到这种家伙。

再次折腾的结果是软木塞不但没有取出，却掉进了酒瓶内。汉子们在一片惋惜声中发现了事情的结果——酒能倒出来了。

在走了许多弯路之后，人们往往发现原来最不愿意走的那条路竟是最好走的路。这个世界上，最清醒的人应该是自己，而不是别人。自己不能选择自己的路，岂不是一种悲哀吗？

一位勤劳的农民，在自己的菜园中收获了一个大南瓜，他又惊又喜，便把这个南瓜献给了国王。国王很高兴，赐给农民一匹骏马。

这件事很快家喻户晓。

一个财主动开了脑筋：献个大南瓜，就能得到一匹骏马，如果献一匹骏马，国王会赐给我多少金银珠宝或美女呢？

于是财主向国王进献了一匹价值连城的骏马。国王同样很高兴，吩咐侍者：

"把那位农民献的那个珍贵的大南瓜，赐予这个献骏马的人吧。"

不同的环境，造就不同的心态。那种见别人做什么就想做什么的人，注定结果会事与愿违。

想悟出真理，反而却为这种执着而迷惑、困扰。因此，只要恢复直率之心，平常之心，彻底地顺从自然，一切就唾手可得了。

从前，有位樵夫生性愚钝，有一天他上山砍柴，不经意间看见一只从未见过的动物。于是，他上前问："你到底是谁？"

那动物开口说："我叫'领悟'。"

樵夫心想：我现在就是缺少"领悟"啊！把它捉回去算了！

这时，"领悟"就说："你现在想捉我吗？"

樵夫吓了一跳：我心里想的事它都知道！那么，我不妨装出一副不在意的模样，趁它不注意时赶紧捉住它！

结果，"领悟"又对他说："你现在又想假装成不在意的模样来骗我，等我不注意时，将我捉住。"

樵夫的心事都被"领悟"看穿，所以就很生气：真是可恶！为什么它都能知道我在想什么呢？谁知，这种想法马上又被"领悟"发现了。

它又开口："你因为没有捉住我而生气吧！"

于是，樵夫从内心检讨：我心中所想的事，好像反映在镜子里一般，完全被"领悟"看穿。我应该把它忘记，专心砍柴。

樵夫想到这里，就挥起斧头，用心地砍起柴来。

一不小心，斧头掉下来，却意外地压在"领悟"上面，"领悟"立刻被樵夫捉住了。

人们不要去强求不属于自己的东西，要学会顺其自然。违背规律去办事，就会步步艰难，而学会顺应规律，就会得心应手，一路坦途。

心灵 寄语

生活的路可以是坎坷的，也可以是一马平川的，选择一个正确的方式去生活，得到的不仅仅是成功。这就是一种潜在的规律，我们所应该做的就是顺应这种规律办事，那么我们的失败会少很多。

一湾友情海蓝蓝

冷 薇

　　清晨的海边，太阳还没有升起，视野却有些拥挤了——锦州港的大坝将海水拦腰切断，往日的沙滩变成了水泥的地坪，上面耸立着雕琢精巧、气势宏大的各种艺术造型，附近的山坡上，色彩缤纷的洋楼有些刺目。连天的碧海现在变成了一只蓝绿的小盘子了，笔架山如一枚青螺立于盘中，显得有些高大，有些突兀。现在不是退潮的时候，笔架山最著名的景观——天桥埋藏在海水里，不得相见。

　　我和先生还是二十几年前新婚燕尔时到过笔架山的。那时的笔架山没有人工的痕迹，沙滩宽阔，海浪无边，通往笔架山的天桥很神秘，携手走在沙砾、卵石、贝壳筑就的天桥上，感觉很亲切，很自然。

　　阿明哥安排我们再度来笔架山看海，浸润着他的良苦用心。可在时光浪潮的冲刷下，山河（海）都已经不依旧了，人心又怎能永远那样单纯，那样年轻呢？

　　细心的阿明哥似乎看出了我的失落。他和陪同前来的董部长、刘主任叽里咕噜了一阵后，便向我们招手，将我们引上白色的快艇。快艇是包的，要多给一些钱，为的是能绕过锦州港的视觉阻碍，让我们看到无边的海。

　　说实话，我很感动，心潮翻涌着，嘴上却没有一句话。阿明哥、董部长、先生和先生家的哥哥等男士同乘一只快艇在前方的波浪中引路，刘主任陪我、我女儿和先生家的弟媳等在后面紧紧跟随。

天空静静的，海面静静的，人也静静的。快艇的速度很快，船底碰在浪涌上，感觉很坚硬。快艇绕过喧嚣的港口，从笔架山的右侧向后包绕，视野突然就开阔了。天空的蓝和海水的蓝连绵成一片，相互交融，四面八方真就都望不到边了，静静的蓝色随着海风向身后流去，可迎面流来的风，流来的水，流来的天空却还是蓝的。

这时候的笔架山再不是我们熟悉的笔架山了，我们绕到了它的身后，看着它的背影，读到的是它从不示人的内心故事。山的后面没有它的正面那么平整，也没有正面那么热闹。静默的山体竖写着两道沟壑，如沉思的头额上紧锁的"川"字。这时的笔架山没有任何心理的防御戒备，没有任何礼仪的装腔作势，沉重的心事袒露着，给蓝蓝的天空看；真挚的情感倾诉着，给蓝蓝的海水听。沉默而静谧的蓝色气氛始终在四周缭绕，心头有几分朦胧，几丝晦涩，几分软弱。

我是个感性的女子，思维随着观山的角度不同而变化，情感随着读山的层次不同而起伏。我意识到自己的失态，赶紧将目光从山的脊背上收回，看我一直都很想看的一望无际的大海。

我不善形容，只能说大海真的很大呀！它大得让快艇像顺水而漂的树叶，大得让树叶上的我们如蝼蚁。我突然感觉到人生的短暂和人类的渺小。如果——如果此时我们沉到那碧蓝的水里，水上的世界又会少了什么呢？

无缘无故地想起了一个无名诗人，想起了他的一首无名的诗："天的颜色／就是海的颜色／泪的咸涩／就是海的咸涩／既然你已经踏在海浪上了／你的眸子里就不该再有阴霾／不该在掩着雨丝的心海里／再冥想铺

天盖地的澎湃／不该再乞求海鸥的翅膀／在一个个明朗的梦里徘徊。"

我知道，每个人的心也都如山，有正面，也都有负面，负面的心角里隐藏着许多的"不该"，这些"不该"在现实生活中不能存活。

我猛地将一双手插进看似平静的蓝蓝的海水里，任快艇的速度带着我，在碧海里划出一道道翻腾的白浪，任白浪扑打我的头，我的脸、我单薄的丝绸衣裳。全身都被打湿了，我抽出手，对着浩瀚的大海，张开喉咙一阵叫喊——"啊——啊——啊啊啊——！"海风扬着海浪的细沫，溅射进我的喉咙，嗓子立刻咸涩冰凉。于是，再喊再叫，撕下平日的面具，让自己无拘无束地狂喊一回，让自己憋闷沉积的肺腑痛痛快快地呼吸一回，让海面那清新、透明、凉爽的蓝色灌满我的心，冷却过滤我的心境。

游艇停靠了，我们登上笔架山。阿明哥俯视着遥远的海面，问我："你知道海的那边是什么山吗？"我望着他傻了，摇摇头，茫然不能答。正在这时，手机响了，那里面传来了海蓝蓝那被海风过滤得清新纯净的声音："芦苇荡——已经登上丹崖山了，我在下面等他——"

阿明哥笑了，笑得很舒坦："笔架山——丹崖山，隔着蓝蓝的海水，彼此遥望。"他的笑、他的话有点儿像诗。我突然问他："你知道今天是什么日子吗？"他愣了一下，望着我也傻了，摇摇头问我："今天是什么日子啊？"于是，我也笑了，我的笑也很舒坦："今天是'七夕'后的第二天！如果说'七夕'是追求甜蜜爱情的情人相聚的日子，'七夕'后的第二天则该是追求纯洁友情的朋友们相聚的日子哦！"我的感觉、我的这几句话也有点儿像诗。

眼睛不知怎么的又有些酸。赶紧用一方纯白的纸巾遮掩，纸巾濡湿了一大团，濡湿的纸巾不知为何，颜色竟也是蓝的，很淡很淡的那种蓝。我想渤海湾里蓝得很深的海水，若掬一捧，装在洁净的容器里，颜色是不是就会变成这种淡淡的了呢？这种淡淡的蓝色是适于记录绵远长久的友情的。

心灵 寄语

    友情是纯洁的，不允许任何不好的事物来玷污，拥有一份纯洁的友情是一生中最难得的事情。孤单的时候有朋友在，失意的时候有朋友在，友情是一个神圣的名词，它是神圣的殿堂。

貌似伤害的爱

冷　柏

高二那年我迷恋上电子游戏，学习成绩直线下降，以致高二下学期期中考试五门功课都挂起了红灯。雪上加霜的是，财务处又来找我，说我欠的学费必须马上交，三天之内不交清，就按自动退学处理。可家里给的学费我早就花在游戏厅了。

晚上，我在游戏厅混了一夜。第二天，拖着一身的疲惫向学校走，边走边想如何去哀求学校再宽限几天。我想好了，如果几天后弄不到钱，就去城里打工。

在学校门口，我看见了父亲。父亲背着我的行李，眼里全是血丝。他的手里拿着一张休学证明。

父亲的脸阴沉着，特别可怕，他看了我一眼，把行李递给我，强压住怒火简短地说："走。"

父亲把我领上了一条通往采石场的路。在采石场，父亲把我交给一个工头模样的人。父亲说："你快十八岁了，应该对你自己的事情负责。从今天起，你就在这里干活儿，把你欠的学费和游戏厅的钱还清再说。"

我惊呆了，往日慈祥可爱的父亲今天竟是这样陌生。采石场的活儿连那些壮汉都叫苦叫累，我手无缚鸡之力，怎么能干这样的活儿？但当我看见父亲那双满含痛苦的眼睛时，我把到了嘴边的话又咽下去了。

采石场的活儿果然是又苦又累，尽管工头分给我的已是最轻的活儿——把粉碎的石块砌成堆，但一天下来，我的骨头还是像散了架似的。我盘算着熬完这个月，等领了工钱就逃跑。

一个月后，我去领工钱的时候，发工资的人告诉我，我的工资被父亲领走了。父亲不但领走了我这个月的工资，还预支了我后三个月的工资。想想我还要在这个鬼地方待上三个月，我对父亲恨得咬牙切齿。

时间一天天过去，我一天天机械地干着活儿。不知为什么，我忽然很怀念学校的生活。学校的生活虽然枯燥，但那里有我熟悉的老师、同学，还有我的大学梦。

一天黄昏，母亲来了。看见我蓬头垢面，母亲泪如雨下。母亲说父亲这段时间总在家里唉声叹气，从不流泪的父亲好几次默默流泪。采石场他来过好多次，但他不进来，只是站在对面的山岗上远远地看着。母亲走的时候留给我一份西红柿炒鸡蛋，那是我最爱吃的菜。不知为什么，吃着吃着，我忽然想哭。无意间回过头，看见对面的山岗上站着一个人，那瘦高的身影告诉我，那是父亲。我再也忍不住，任泪水奔涌，一滴滴地落在滚烫的石头上。

八月，我离开了采石场。父亲把我叫到了他的房间，拿出了我四个月的工资说："你在游戏厅欠了250多元，你的学费是495元，还剩下五百多，你自己看着花吧。我想再对你说一遍，你自己欠的债自己还，任何人帮不了你。"

九月，我回到了学校。好几次走过游戏厅，我都忍不住想进去，但想想那段在采石场的生活，我又走开了。由于落下的功课太多，学习很吃力。每当我想逃离时，耳畔总会响起父亲的话："你自己欠的债自己还，任何人帮不了你。"我只能硬着头皮啃下去。

终于，我考上了大学。毕业后我回到家乡教书，我教的学生成绩总是名列前茅，乡亲们都夸父亲教子有方，一定要他说说高招，父亲说："我听说有一种树，每年都必须在树干上用刀割几下，树才能茁壮成长。如果你心疼树，怕伤害它，那么这棵树永远也不会长高，长壮。"

心灵寄语

沉重的父爱，教会我们人生的道理，引导我们走上正确的人生道路。热爱生活，不走歧路，努力奋斗，才能报答那沉甸甸的父母之恩啊。

善于发现机会

佚 名

1951年夏天，凯蒙斯·威尔逊驾驶一辆大汽车，带着全家老小开往华盛顿特区旅游观光。一路上，美丽的风光使他心旷神怡，可住宿的遭遇却让他十分恼火：客房既小又脏，水暖设备差，洗澡用水不方便，很少见汽车旅馆有餐厅，即使有，所供应的食物也太差，收费太高，一家人合住一间客房，每个孩子还要再加收钞票。

"孩子睡在地板上还要加钱，太不应该了。"凯蒙斯对妻子抱怨道，"设施齐全、服务周到的汽车旅馆居然一家都没有！"

"都是这样的，在外就将就些吧。"妻子劝慰说。

那一刻，凯蒙斯的眼睛一亮，汽车旅馆普遍差，这不是蕴藏着巨大的商机吗？如果建造一些宾馆式的汽车旅馆，不就能赚大钱吗？

他兴奋地对太太说："我打算建造许多新型的汽车旅馆，和父母同住客房的儿童，我绝不另外收取住宿费。我要做到，人们一看到旅馆招牌，就像到了自己的家。出外度假，我喜欢的旅馆必须舒适和方便，这正是现在汽车旅馆所缺少的。我想，我是极其平常的人，我喜欢的东西，别人也会喜欢。"

1952年8月1日，他的第一家假日酒店正式开张营业。

旅馆位于孟菲斯市萨默大街上，是汽车从东进入孟菲斯的主要通道，也是来往美国东西部的一条重要机动车道路。

在路旁，一块18米高的黄绿两色"假日酒店"的大招牌特别引人注目。到了晚上，招牌上的霓虹灯闪闪发光，更是醒目。汽车无论行驶在高速公路的哪个方向，都能远远地一眼就望到假日酒店的招牌。凯蒙斯花费1.3万美元高价做了这块招牌。这块招牌让无论是成人还是小孩子，都会联想到这是一个有趣的地方。

走进酒店，你会发现服务设施特别周全：走廊上备有软饮料和制冰机，旅客可以免费取用；客房里的空调让人感到十分凉爽；游泳池里清波荡漾；走几步，就是餐厅，可供全家用餐，菜桌上还有特地为儿童设计的菜单；你住进酒店，工作人员会叫得出你的名字，这让你倍感亲切，他们见了你就微笑——这是凯蒙斯要求他们这样做的。他说："世界上的语言虽有几百种，但微笑是通用的语言。微笑不需要翻译。"旅客需要服务，马上会有人来，并且绝不收取小费；天气好的话，旅客可以在晚饭后出外散步，享受郊外的宁静感觉……而享受这一切，价格绝对便宜：单人房才收4美元，双人房6美元。凯蒙斯规定，和父母一起住的孩子，一概不另收费。

"高级膳宿，中档收费。"凯蒙斯说，"既不完全是汽车旅馆，也不完全是宾馆，但提供它们两者都有的服务。"

旅客纷纷前来，有的旅客走进酒店，房间已经住满，服务的先生或小姐会为你和附近的旅馆联系住宿——这又是凯蒙斯发明的服务。

一炮打响，凯蒙斯马上着手建造更多的假日酒店。他采取特许经营办法，向社会出售特许经营权，从而迅速推动假日酒店在全美各地到处开花……

20世纪60年代初，人们对电脑还是很陌生的。可凯蒙斯却在想，如何应用这个新的技术来为酒店服务。他有一种预感，电脑会给酒店带来许多好处。他

想，为旅客预订外地假日酒店客房唯一的办法就是打长途电话，可长途电话费太贵了。能不能利用电脑，为各地的假日酒店相互之间建立"快车道"呢？他委托国际商用机器公司IBM设计安装了一套电脑系统，它可以即时找出或预订任何地方的任何一家假日酒店的可供投宿的客房，代价是800万美元。

后来，那套电脑系统设计出来了，并且取得了成功。由于当时别的连锁旅馆都没有这种先进设备，所以假日酒店一下子就拥有了巨大的优势。

曾经有一句话，叫机会是留给有准备的人的。其实只要是我们善于把握住自己，抓住每一次的机会，那么终将会走向成功。

益友增添生命光彩

凝 丝

　　我觉得朋友是快乐人生中的重要环节，一辈子如能得到几个知心的朋友，实在是极大的幸福。人因为年龄和经历可以分成好几个不同的时期，每个时期都可能有不同的益友和损友。如果有一个朋友能陪你一起度过好几个不同的阶段，那是你的幸运，是非常值得珍惜的一份幸运。

　　我就有几个这样的朋友，在十几岁的时候就已认识，在不同的时期还常能互通讯息。有一次，一个像这样的、快20年没见面的朋友要来看我，虽然我们彼此都知道20年来大家在做些什么，可是到底是20年没见面了。听说他要来，我很早以前就开始兴奋了。那天早上接到他的电话，要我去龙潭的电信局接他，我和先生开车去，心里竟然紧张和害怕起来，我怕他变得太多，变得太老，我就会觉得伤心，可是又知道，20年实在够长，够把一个人变老、变丑。一直到车子开到龙潭那个小小的电信局前，我的心还是忐忑不安。当我看到穿着灰色风衣的他走了出来，身旁是他的女伴，他的面容虽然和年轻时不大一样了，可是却很好看，有一种不凡的风采，当他微笑着和我打招呼时，我有一种如释重负的欢欣的感觉。20年的时间让我的朋友变得成熟，变得不凡，我真替他高兴。

回家以后，我给他看我的油画素描，然后再向我的先生、他的女伴诉说我们同学时期种种不可思议的经历。回忆我们的理想、我们的青春、我们的种种可笑又可怜的挣扎，在那两三个钟头里，我们几乎处在一种狂热的状态中。

一直到下午带孩子们去吃冰淇淋，坐在咖啡座上时，我才觉得累了，一句话也不想再多讲，我告诉朋友："我好累，已经不想说话，我已经说够了。"

我的先生和朋友都很高兴地看着我。他们叫的咖啡很香，孩子们兴高采烈地吃着冰淇淋，屋子里有一种黄昏时细致的温暖的光泽，我非常满足，就再没有说一句话，直到和他们挥手再见，那种安宁、满足的情绪一直充满我心。

直到今天，每次想起那一场会面，我心里的满足感仍会回来。以后我们也断断续续见过两三次面，但不知道是时间不对还是地点不对，总不能再造成第一次见面的那种气氛。也许因为我有过第一次的经验，对以后几次的见面有较高的期望，因此总觉得失望，心里有点儿懊恼。

心灵 寄语

一生之中我们会结识很多的朋友，在这些朋友之间，会存在所谓的良师益友，也会存在酒肉朋友，显而易见，良师益友更可以让我们逐渐地走向进步，向着更好的方向进发。

父亲的眼睛

碧 巧

那是一个雨天。放学了，我和几个要好的朋友有说有笑地走着。地上湿湿的，天上还在下着毛毛细雨，凉丝丝的。但我们还是放肆地说笑着，打着呼哨嘲笑那些撑伞的胆小鬼。

就在距校门口大约10米的地方，我突然发现一个熟悉的身影，一位老者孤孤单单地站在那里。他佝偻着背，手里紧紧抓着两把雨伞，朝校园里张望着，眼睛睁得大大的，似乎在人流中寻找着什么。这不是父亲吗？我差点叫出声来，但为了不让父亲发现我，更为了满足我的虚荣心——我害怕朋友知道我有这样苍老而丑陋的父亲而嘲笑我，便故作镇定装作没看见，从父亲的眼皮底下走了过去。至今我仍无法解释当时的我是怎样的一种心情。我只记得在走过很长一段距离后，我的心还扑通扑通跳个不停。

心底深处残余的一点良知告诉我必须回去。我对同伴撒了一个谎便往回赶。校园里空荡荡的，好在父亲还在，只是他背佝偻得更低了，眼睛还时不时地向校园里张望着。我悄悄从父亲身后绕过去又折了回来。

"爸，你怎么又送伞来了？"我有点儿责怪地说。"总算等到你了，"父亲显然有点儿兴奋，身体也直了许多："雨下得这么大，你娘和我都怕你淋坏了，大上午就让我送伞来了。你们这里教室又多，我又不知道你在哪个教室，所以就只好在这里等着。"

父亲竟然足足等了一个上午！我的心被重重刺了一下。

自从考入县中学以后，我便成为父亲唯一的骄傲，四邻八乡的称赞让父亲挺直了腰杆，也让我迷失了自己，花花绿绿的城市让我越陷越深。随着高考的临近，我不得不开始发奋读书，断绝了和一切"狐朋狗友"的关系。但一切都太迟了，黑色的七月还是无情地把我扔在独木桥的这一头。

那年暑假我发疯般地干活儿。割稻、打谷、插秧、翻地，什么粗活儿重活儿我都干。沉重的担子压得我喘不过气来，浑身像散了架似的。但唯有如此，我的灵魂才会感到好受些。

日子出奇地平静。我无语，父亲更无语。他只是用他那再娴熟不过的农艺一招一式地教着我。而我就像他侍弄的一株庄稼，一天天长大、成熟。一天父亲突然叫住了我："孩子，我这辈子就是吃了没文化的亏，现在我年纪大了，也做不了什么，唯一的心愿就是希望你能多读点儿书，不要再走我的老路。你就再准备一年吧，明天就不要下地了，好好准备准备。"父亲很平静。但我仍然发现父亲的眼睛向我射来两道奇特的光。那是怎样的一双眼睛啊，黑洞洞的眼眸，就像一眼干涸了的老井，只是井边又多了几道岁月风霜留下的沟沟壑壑。

就这样，我又回到了曾让我厌烦至极的教室里。一切都显得那样的可爱，那样的亲切。我像一只西伯利亚的狼，在书本里贪婪地攫取。每当夜深人静想偷懒或逃避的时候，我总会觉得有一双锐利的眼睛在注视着我，让我不能得逞。我知道那是父亲的眼睛。

经过300多个日日夜夜的煎熬，我终于考取了现在就读的这所大学。拿到通知书的那天，父亲只是淡淡地问了句什么时候起程。但我分明看见父亲眼里的亮光，像老井里一下子有了一泓清泉，明澈见底。

今天，当我坐在学校这宽敞明亮的教室里写下这些文字的时候，我又想起了父亲的那双眼睛，那双在校门口张望的眼睛。听娘说，父亲的眼睛现在越来越不好使了，走路老摔跤，连我写的家信都看不清。远离故乡的我只能向着家的方向默默祈祷，愿父亲多一些平安，多一些幸福。我想，挣到钱首先要把父亲的眼睛医好，让父亲的眼睛和心灵一样明亮。

心灵寄语

　　文中讲述了一位朴实而平凡的老父亲，为了儿子甘愿忍受所有的轻视与痛苦，只是希望儿子能有更好的未来，不再走自己的老路。天下所有的父母都如此，希望做儿女的不要辜负他们的一片苦心。

幸福已经满满的

静 松

中专毕业后我当了一名护士，和大多数人一样，我的生活平凡而平淡。我不太留意这个忙碌的世界，这个世界也以它的现实漠视着我。随着时间的推移，我发现我曾经不太留意的这个世界对我有着越来越多的诱惑。于是平静被打破了，我总想得到更多。

我不是彻底的物质主义者，但我愿意享受生活。我希望可以过上一种足以称之为"幸福"的生活，却不能为"幸福"下一个准确的定义。上小学时有一篇课文叫《幸福是什么》，但我想现在没有人愿意相信小学课本里的东西了，包括我。

去年夏天，在一个极普通的下午，我百无聊赖地在街上走着。街上人多车多，一辆摩托车撞倒了一个农村小女孩儿。小女孩儿跟着她的父亲，那父亲苍老而贫寒。车主是城里所谓的"痞子"，撞了人后便扬长而去。看着街头相依的父女俩我默默叹息。走上去看了看小女孩儿的伤口，说算了，我带她上医院包扎一下。老父亲感激地带着女儿跟我上医院。路上他说没法子，乡下人穷，进城来卖点儿水果，没想到遇上这样的事。对我，他谢了又谢。我帮小女孩儿包扎好，说不碍事，过几天就好了。老父亲从口袋里掏出一卷零钱，战战兢兢不知要付多少医疗费，我说不用了。父女俩千恩万谢地走了。

这件小事我很快忘了，我策划着一种又一种的生活方式，然而一次又一次地碰了钉子，我在一个夜班时悲哀地想，幸福离我是越来越远了。那个夜班，我心乱如麻。清晨7点钟，我正伏在窗口看外面忙碌的世界，不知道自己的位置在哪里。

有人叫我："医生，医生！"我回头，叫我的不是病人或家属，但似曾见过。想起来了，是不久前我帮助过的农村父女！

小女孩儿拉拉她父亲的衣角："是那天的阿姨。"老父亲放下背着的大口袋，口袋看样子很沉，可他这么大岁数还背得稳稳的。老父亲笑着说他女儿头上的伤全好了，多亏好心的我。这次进城，他们是专程来谢我的。说着把沉沉的大口袋解开，天哪，里面是满满一口袋的桃子！又红又大，多得让我吃惊。老农说那是他全家细细挑的，乡下人没什么好送的，就送些桃子表表谢意吧。我惊讶得说不出话来。真的，那一刻我竟有点儿眼睛湿润的感觉，为父女俩简单而质朴的谢意。我请他们坐下，突然想起现在才7点钟，哪儿有这么早的车？对我的询问，老父亲说，他们早上5点钟就出门了，走了两个小时才到这儿。我说怎么不晚点儿好乘车来呢？老父亲憨然地笑了，说乡下人不比城里人，走惯了……

送走父女俩，我看着那足有三十多斤重的桃子，想到他们一家人摘，在院子里细细地挑，想到他们走了二十多千米的路把桃子送给我，想到他们简单而淳朴的心愿：希望报答好心的医生，希望小女儿上城里的高中，希望成绩好的小女儿像我一样，有好的工作和生活……

我从不知道我是如此的幸福——年轻，能干，有学问，有一份好工作，有一颗好心。看着那满满一口袋鲜艳的桃子，我知道我拥有满满的幸福。那幸福就像这又大又红的桃子，一个一个真实可触，是那么满满的、满满的。

我想我可以为幸福下一个定义

了。珍惜你所拥有的每一样东西，你会发现，幸福简单得让人无法置信。

幸福就是我们献出的爱心。

　　小小的一个帮助就会让很多人有更好的命运，在遇到困难的时候，我们需要的也是一个适应的过程，我们往往只做了简单的事情，然而就是这简单的事情，就可以让很多人真正地得到帮助。如果这样，我们的内心是否会有一种难以解释的幸福呢？

那时花开

蔡玉梅

16岁那年，她是问题少女，父母眼中一向乖巧听话的她竟闹着要退学，无奈之下，父亲带她去了心理咨询中心。豆蔻年华的女孩儿，高高地扎着马尾辫，瘦弱得似乎一阵风就能把她吹跑，大眼睛里却满是倔强和自负，一脸不情愿地随父亲踏上那一层层的台阶，走进坐落在小山坡上的那座绿树掩映的医院。

早已预约好的年轻医生正在忙碌着，热情地冲着父女俩点点头，然后倒水让座儿。父亲拿出女儿写的日记，放在医生的桌上。在征得女孩儿同意的情况下，他一页页认真地翻看着。也许女孩儿被一个陌生人窥到了心中的秘密，有些羞涩地垂下了头。年轻的医生温和的话语如一阵春风拂开了女孩儿心中的郁结，不知道为什么她有些委屈地哭了。他伸出修长的手递给了她一方洁白的手帕，少女的心中有一股暖流涌过。医生留下了电话，告诉她随时可以找他倾诉。

这以后，她回到学校用功读书，是老师眼中的好学生，清高、孤傲的她却没有男同学敢接近。高考那年，她所有的志愿都是医学院，谁也不知道她心中守着的那个小小的秘密。

收到录取通知书的那天，她拿出了三年来一直想打却从未打过的电话号码，

那个号码她已经在心中默背了无数次。电话那端传来的依旧是他那温和的男中音，她告诉他自己考上了医学院，和他读同一个专业。

 心灵 寄语

　　人生当中，有许多"约定"，但是让自己坚持下去的往往只有一两个"约定"。这种"约定"却犹如暗夜中的光亮，指引着人们向既定的目标前进。即使其中有迷途，有泥泞，但不会改变前行的步伐。这就是"约定"的力量。

友爱如水

雅　枫

　　草雪在《七月的秃树》中推崇一种默契而淡远的友谊，她说世人皆以为好朋友的关系是越近越好，巴不得做到"你中有我，我中有你"。殊不知要达到这种境界，必须变单纯的欣赏为苛刻的要求，必须两人一齐"打破"，才可以硬性捏合到一起，谁能猜度其中的摩擦与冲撞呢？

　　这里就有个现成的例子。裴与肖原是闺中密友，1991年肖与谢结识后，很快结婚生子，而裴的婚恋屡受挫折，一度疏远所有的朋友。肖知道裴的孤单后，便频频邀其来家小聚。裴则买了种种新奇昂贵的玩具来讨好肖的儿子——应该说，裴与这一家人的关系当真到了"登堂入室，无话不谈"的地步，裴因为清寂无聊，更把朋友一家当做某种意义上的精神支柱，尤其对肖的儿子，她几乎有种本能的依恋感。依照投入多少收获多少的原则，小家伙对裴的热情逐渐超过了父母，他觉得这位笑容可掬的阿姨从未像母亲那样急赤白脸地呵斥他，于是只要裴进门向他拍拍手，他就从母亲怀里跃身扑向裴，紧紧搂住裴充满寒气的脖颈，那股清新的奶香和全身心的依赖常感动得裴热泪盈眶——这一切肖都看在眼里，终于有一天她很酸地对裴说："你瞧，辛辛苦苦养他有什么好？外人拿一把糖就把他哄过去了。"

裴一怔，脸色红了又白。肖的话等于警告她："裴，你走得太近，该退回去一点儿了。"这一退，就使裴与肖的友谊濒于崩溃：裴再也不好上肖那儿去，肖也再不好邀请裴了。

同龄人间微妙的妒忌心在这里被披露无遗。曾经醉在一起的男孩子，酒醒之后既不打电话，也不写信，各自投入自己的一方天地中去：会女友，炒股，学电脑。他们之间，似乎被苍茫的水流隔开了，然而似乎只有间断，才有依傍与交流的热情。

常有一些男孩子，被他们中的一位从名片堆里捡出来，召集来办件大事，他们立刻会丢下手中的事来"两肋插刀"，而他们中的大多数，已有3个月或者6个月没有见面了。

男孩子常会取笑同龄女孩儿：上医院看牙都巴不得携友同行，好得如"连体人"一般。

可不知在什么时候，不知在什么地方，一个人的粗疏触痛了另一个人的敏感，双方的面孔就会绷得如橡皮面具一般。

即便是十三四岁刚进入青春期的中学女生，因为把友谊看得如"爱"一样排他，也会因朋友感情的"分流"而痛苦不堪。她们还不知道如何表达自己的失望，所以表现出一种极度的倨傲，于是两个小女孩之间的"冷战"出现，甚至可以绵延到她们乔迁他乡，永不相逢。

因紧密和干涉所产生的隔阂可能是人一生一世都难以忘怀的记忆。长大以后回忆起来，虽然失笑于少年意气中的骄蛮与专断，明白友情与"爱"的不同，却也不能指望与朋友的关系再能恢复到融洽无间的程度。

初中时的一位女友，曾与我因误会导致了摩擦。时隔三年，她中专毕业走上社会，忽然追忆起少年情谊的纯白无瑕，于是经常约我叙旧，饮咖啡，走过我们念书时经常去攀玩的中华古城

墙。然而这些煞费苦心的"道具"并没有缩短我们的距离。

失去联络的这些年，彼此的阅历和观念都有了太大的不同，如今她全身的小牛皮装，头发吹成了凤冠状，说话间带出"商海"中的"切口"。我实在已无法想象十多年前，她白衫黑裙，坐在学校的单杠上无心机地晃荡着两条腿，风将她的裙子鼓荡如一只黑蝶的纯真坦白。那时哪怕是一些天真的念头我们都会不谋而合。而现在，在"话不投机半句多"的冷场中，两个人都暗中祈祷腰间的BP机快快如蜜蜂般震响，这勉为其难的会面就可以结束了。

搜寻散失多年的友谊，只能给人带来淡淡的惆怅，让它们安睡在记忆中，也许能使我们在成长的过程免受伤害。真的，友谊真正的本质应如水流，清淡、恬和，永远不能攫有或者封藏。

心灵寄语

朋友之间需要互相扶持，互相理解，让友情变得纯真和伟大！我们所要摒弃的是那种有目的性的不正当的友情。日久见人心，真正的友情是永恒的！

握住自信

沛 南

  有一位女歌手，第一次登台演出，内心十分紧张。想到自己马上就要上场了，面对上千名观众，她的手心都在冒汗："要是在舞台上一紧张，忘了歌词怎么办？"她越想，心跳得越快，甚至产生了打退堂鼓的念头。

  就在这时，一位前辈笑着走过来，随手将一个纸卷塞到她的手里，轻声说道："这里面写着你要唱的歌词，如果你在台上忘了词，就打开来看看。"她握着这张纸条，像握着一根救命的稻草，匆匆上了台。也许有那个纸卷握在手心，她的心里踏实了许多。她在台上发挥得相当好，完全没有失常。

  她高兴地走下舞台，向那位前辈致谢。前辈却笑着说："是你自己战胜了自己，找回了自信。其实，我给你的是一张白纸，上面根本没有写什么歌词！"她展开手心里的纸卷，果然上面什么也没写。她感到惊讶，自己凭着握住一张白纸，竟顺利地渡过了难关，获得了演出的成功。

  "其实你握住的这张白纸，并不是一张白纸，而是你的自信啊！"前辈说。

  歌手拜谢了前辈。在以后的人生路上，她就是凭着握住自信，战胜了一个又一个困难，取得了一次又一次成功。

心灵 寄语

　　自信的力量是无穷的，当失败以后，只要有自信，那么过去的一切都将只是过去，永远都是回忆，而以后的路都将从自信开始，一步步地开创。

学会与人分享快乐

就是因为很多事情我们只看到了自己的一面，为了自己想要的才去做很多事情，从而忽略了其他人的想法，这样就使得我们失去了更多人给予的快乐，所以我们要学会分享。

学会与人分享快乐

佚 名

　　有一个人，他在年轻时拼命赚钱，中年时终于实现了自己的梦想，成为一个富翁。可是物质丰富的他，却并没有因为达到梦想而感到发自内心的快乐。他的一个经营香草农园的高中同学，反而过着平凡却快乐的生活，时常可以看见他那愉快的笑脸。对此他十分不解。

　　有一天，他很不甘心地请教这位同学："我的钱可以买100个香草农园，可是为什么我却没有你快乐呢？"

　　同学指着旁边窗子问："从窗外你看到了什么？"

　　富翁说："我看到很多人在逛花园。"

　　同学又问："那你在镜子前又看到了什么呢？"

　　富翁看着镜子里憔悴的自己说："我看到了我自己。"

　　"哪一个风景辽阔呢？"

　　"当然窗子看得远了。"

　　同学微笑了："你不快乐就是因为你活在镜子的世界里呀！当你试着将镜子后面的那层水银漆剥掉，你就会看到全世界。"

心灵 寄语

　　就是因为很多事情我们只看到了自己的一面，为了自己想要的才去做很多事情，从而忽略了其他人的想法，这样就使得我们失去了更多人给予的快乐，所以我们要学会分享。

一世阴凉

秋 旋

我渴望着拥有一条美丽的裙子，对于小时候的我来说这是一种奢望。

第一次穿裙子是在10岁那年的夏天，我现在还清楚地记得，穿上那条母亲一针一线缝制的黑裙子是怎样穿梭于大街小巷。尽管路上没有一个人，只有狗吐着舌头无精打采地倚在墙角喘息，还有蝉的聒噪。

当我大汗淋漓、小脸通红地回到家时，看见母亲正弯着腰在菜地里拔草，她顾不得拢一拢掉在额前那已被汗水粘住的发丝——母亲精心伺弄着这块菜地，指望着用它换来油盐酱醋，连同我们的学杂费用。

我只是沉浸在拥有这条裙子的兴奋里。我没有在意母亲的责怪，更没有觉出母亲那疲惫的、佝偻着的身子是怎样的刺目，是怎样的触痛我，这是我后来想到的。

但很快地，我便没有了当初穿上裙子时的心情。因为同学们穿的都是五颜六色的花裙子，一个个花枝招展，小公主似的。只有我的裙子黑乎乎的，怎么跑，怎么跳，都像个"老小人儿"，全没有了活泼的气息。同学们的眼光怪怪的，有的指手画脚，有的哧哧地笑。我涨红脸，逃也似的跑回家，把裙子扔在母亲怀里，不顾母亲满脸的惊愕，哭喊着要花裙子。

母亲抱着裙子的手有些发抖，黑瘦的脸上有泪水扑簌簌地往下落，裙子也被泪水浸湿了一片。我慌了，母亲从来没有哭过，她一定是生我的气了。我赶忙扑到母亲怀里，央求道："妈，你别哭了，我再也不要花裙子了。"母亲搂着我哽咽着说："惠儿，等把这茬儿菜卖了，妈一定给你做条花裙子。"

那一年，由于贫困，我没能穿上花裙子。那条黑裙子，母亲把它叠得整整齐齐地放在包袱里，宝贝似的锁了起来。

随着生活条件的好转，我终于有了一套又一套美丽的裙子，渐渐地就把黑裙子淡忘了，自然，还有黑裙子带给我的不愉快。

后来，我发现商店的柜台上赫然摆着黑色的长裙、短裙，非常引人注目；大街小巷，姑娘们身着黑色裙装居然是那么端庄，那么飘逸。我不禁对黑色偏爱起来，蓦然想起母亲为我缝制的裙子，便求母亲拿出来，母亲不解地看了我一眼，就开了锁，把它找出来递给我。我捧着这小小的裙子，觉得很重很重，难道是沧桑的往事使它如此沉重吗？

母亲说，我何尝不想让你穿得漂亮些？那时候家里实在没有一分闲钱。给你做裙子的那块布是你外婆留给我的，看见它我就想起你外婆是怎样一分一厘地攒下了两块钱，买了这块布。本想你能高兴，却不料你嫌它丑。

我看着这条给过我短暂欢乐、凝结着外婆的汗水、洒满着母亲泪水的裙子，感觉它是那么亲切。我愧对母亲，由于我的无知，无端地伤害了母亲，她本想送给我一个清凉的夏天，我却不加掩饰地把母亲心中的美好掠夺得一干二净。那条裙子在母亲眼里胜过多少绫罗绸缎，她把最珍贵的东西毫不吝惜地给了我，我却幼稚地否定了它的价值。

如今这条黑裙子被挂在了我的衣橱里。看见它，我便想起那个夏天，母亲在烈日下挥汗如雨、辛勤劳作的情景，还有她在灯下一针一线地把母爱注入细密的针脚，为我撑起一世阴凉。

心灵 寄语

　　一条黑裙子，却凝聚着外婆、母亲和我三代人之间的情感。当事隔多年，黑裙子流行于大街小巷时，才发现，这份沉甸甸的爱是如此珍贵！

真正认识自己

诗 槐

有一次，美国从事个性分析的专家罗伯特·菲力浦，在办公室接待了一个因自己开办的企业倒闭、负债累累、离开妻女到处流浪的流浪者。

那人进门就打招呼说："我来这儿，是想见见这本书的作者。"说着，他从口袋中拿出一本名为《自信心》的书，那是罗伯特许多年前写的。

流浪者继续说："一定是命运之神在昨天下午把这本书放入我的口袋中的，因为我当时决定跳到密西根湖，了此残生。我已经看破一切，认为一切已经绝望，所有的人（包括上帝在内）已经抛弃了我。但还好，我看到了这本书，它使我产生新的看法，为我带来了勇气及希望，并支持我度过昨天晚上。我已下定决心，只要我能见到这本书的作者，他就一定能帮助我再度站起来。现在，我来了，我想知道你能替我这样的人做些什么。"

在他说话的时候，罗伯特从头到脚打量着流浪者，发现他茫然的眼神、沮丧的神情、十来天未刮的胡须以及紧张的状态，这些完全向罗伯特显示，他已经无可救药了。但罗伯特不忍心对他这样说。因此，请他坐下来，要他把他的故事完完整整地说出来。

听完流浪汉的故事，罗伯特想了想，说："虽然我没有办法帮助你，但如果你愿意的话，我可以介绍你去见本大楼的一个人，他可以帮助你赚回你所损失的钱，并且帮助你东山再起。"罗伯特刚说完，流浪汉立刻跳了起来，抓住罗伯特的手，说道："看在老天爷的份上，请带我去见这个人。"

他会为了"老天爷的份上"而做此要求，显示在他心中仍然存在着一丝希望。所以，罗伯特拉着他的手，引导他来到从事个性分析的心理试验室里，和他一起站在一块看起来像是挂在门口的窗帘布之前。罗伯特把窗帘布拉开，露出一面高大的镜子，他可以从镜子里看到他的全身。罗伯特指着镜子说："就是这个人。在这世界上，只有这个人能够使你东山再起，除非你坐下来，彻底认识这个人——当做你从前并未认识他，否则，你只能跳进密西根湖里，因为在你对这个人作充分的认识之前，对于你自己或这个世界来说，你都将是一个没有任何价值的废物。"

他朝着镜子走了几步，用手摸摸他长满胡须的脸孔，对着镜子里的人从头到脚打量了几分钟，然后后退了几步，低下头，开始哭泣起来。一会儿后，罗伯特便领他走出电梯间，送他离去了。

几天后，罗伯特在街上又碰到了这个人，而他不再是一个流浪汉形象，他西装革履，步伐轻快有力，头抬得高高的，原来那种衰老、不安、紧张的状态已经消失不见。他说，他感谢罗伯特先生，是他让他找回了自己，从而很快找到了工作。

后来，那个人真的东山再起，最终成为芝加哥的富翁。

心灵 寄语

做人要学会很多事情，比如说，给自己找到一个位置，这个位置不仅仅是居住等事情，更重要的是要知道自己在人生之中的角色，只有当我们摆正位置的时候，我们才有可能走得更远。

面　对

刘锦景

人生之路，任重而道远。

一种人望着高山上的羊肠小路，想起自己的凡人俗身。后面的人奋勇向前，心里便冷淡如冰，心灰意冷，退缩不前，得到的只是别人超过他时留下的那阵清风。

另一种望着高山上的小路，总想着路上一定会有很多很美的花朵。于是唱着歌，连蹦带跳地一直往前走，最后体会到了胜利的愉悦，而没有真正欣赏路边的风景。

第三种人则是什么都不多想。"车到山前必有路"，不管路有多长，是花还是荆棘，边修路边前进，也不管来者多少、怎么样。踏踏实实地走完每一步，求的是心里踏实而行走自如，取舍有度。也不体会轰轰烈烈，更不去尝试心灰意冷。得到的有痛苦也有快乐，抱一颗"平常心"，真正实现了登高的意义。

人有高矮，指有长短，很不理解有人为什么要故弄玄虚地跨大步，干吗要忸怩作态地迈碎步。多大的脚穿多大的鞋，站得稳，走得正。能走、能跑也能跳，快乐而无束缚，何乐而不为？

当今有些人，习惯捕捉那些虚而空幻的东西，为了风流倜傥，大肆挥霍，为了名利而不择手段……

一切空幻中的现实也许是现实中的空幻，只有踏踏实实地迈出坚实的步伐，才能在平淡中寻得一份真，走完人生的每一个驿站。

心灵 寄语

面对人生中的挫折与困境，我们的选择与态度往往决定我们人生之路的走向。选择坚强，也许下一步就是万里晴空；选择放弃，也许下一步便是悔恨痛苦；选择顺其自然，也许下一步就是彩虹，或者阴霾……

成功源自独辟蹊径的创造

雨 蝶

　　众人都走过的路，往往没有果子留下来。成功需要独辟蹊径，走别人未走过的路。

　　在一次很权威的生活摄影大赛中，一名年轻人从千千万万摄影爱好者中脱颖而出，获得金奖。

　　被音乐和掌声簇拥上台，主持人让他谈及获奖感想时，他开口便说："那不是我最好的作品……"台下一片哗然，以为他狂，谁知他讲的确是实情。

　　半年前，他家中失火，照片底片全部被烧光，参加评比的那幅是相册中夹不下淘汰下来，被妻子拿到丈母娘家去才得以幸存的。

　　众人便折服于他的才气，想象在大火中化为灰烬的那些"更好的"，不知要好到什么程度。

　　一个金奖让他信心倍增，于是在下一次大赛前，他精选又精选，送出自己最满意的作品，却没有获奖。再下一次，再再下一次，每次他都憋足了劲，却终究没能再获奖。于是有人想到，获金奖之前他也曾数次参加评奖，均空手而回。他唯一的那个金奖也许正因为"那不是最好的"，要是没有大火的淘汰，要是总按

他自己的那个"最好"的标准，他也许永远与金奖无缘。

平时我们之所以不能创新，或不敢于创新，常常是因为我们从惯常思维出发，以致顾虑重重，畏首畏尾。而用一种创新思维来加以考虑，就会发现很多新的机会、新的成功。

高斯是德国伟大的数学家。他小时候就是一个爱动脑筋的聪明孩子。

还是上小学时，一次，一位老师想整治一下班上的淘气学生，便出了一道算术题，让学生从1+2+3+……一直加到100为止。他想这道题足够让这帮学生算半天的，他也可得半天悠闲。

谁知，出乎他的意料，刚刚过了一会儿，小高斯就举起手来，说他算完了。老师一看答案，5050，完全正确。老师惊诧不已，问小高斯是怎么算出来的。

高斯说，他不是从开始加到末尾的，而是先把1和100相加，得到101，再把2和99相加，也得101，最后50和51相加，也得101，这样一共有50个101，结果当然就是5050了。聪明的高斯受到了老师的表扬。

遇事要开动脑筋是件说起来容易做起来难的事。高斯的聪明之处，在于他能打破常规，跳出旧的思路，仔细观察，细心分析，从而找出一条新的思路。只要打破旧的思维模式给我们带来的禁锢，我们就会在习以为常的事物中发掘出新意来。

任何事都不是一成不变的，只有用变化的眼光去把握一切，你才会获得新生！如果盲目跟随，那样将永远落后于人，永远呼吸不到新鲜的空气。

传说公元前233年冬天，马其顿亚历山大大帝进兵亚细亚。当他到达亚细亚的弗尼吉亚城时，听说城里有个著名的预言：几百年前，弗尼吉亚的戈迪亚斯王在其牛车上系了一个复杂的绳结，并宣告谁能解开它，谁就会成为亚细亚王。自此以后，每年都会有很多人来看戈迪亚斯打的结子。各国的武士和王子都来试解这个结，可总是连绳头都找不到，他们甚至不知从何处下手。

亚历山大对这个预言非常感兴趣，命人带他去看看这个神秘之结。幸好，这个结尚完好地保存在朱庇特神庙里。

亚历山大仔细观察着这个结，也始终找不到绳头。

这时，他突然想到："为什么不用自己的方式来打开这个绳结呢？"

于是，他拔出剑来，一剑把绳结劈成两半，这个保留了数百载的难解之结，就这样轻易地被解开了。立刻行动，用心趋向目标，不墨守成规，遵从自己的行动规则和做事的风格，注定会取得理想的成绩。

任何事物都是在不断进步与发展的，比如说时尚。每过一年都会有新的流行趋势，这就说明每个人不能用旧的眼光去欣赏事物，如果看到的总是原来的规律，那么世界是永远都不可能进步的，这就说明，做任何事情都不可以循规蹈矩，要有创新意识！

永不服输的乐观人格

晓 雪

吴士宏已成为现代人耳熟能详的名人。其实在炒作之前，她的经历与业绩就不断地见诸报端，只不过是没有如此密集罢了。

在吴士宏努力向上的过程中，以她初次到IBM面试那段最为精彩。

当时还是个小护士的吴士宏，抱着个半导体学了一年半英语，就壮起胆子到IBM去应聘。

那是1985年，站在长城饭店的玻璃转门外，吴士宏足足用了五分钟的时间来观察别人是怎么从容地步入这扇神奇的大门的。

两轮的笔试和一次口试，吴士宏都顺利通过了。面试进行得也很顺利。最后，主考官问她："你会不会打字？"

"会！"吴士宏条件反射般地说。

"那么你一分钟能打多少？"

"您的要求是多少？"

主考官说了一个数字，吴士宏马上承诺说可以。她环顾了一下四周，发现现场并没有打字机，果然考官说下次再考打字。

实际上，吴士宏从未摸过打字机。面试结束，她飞似的跑了出去，找亲友借了170元买了一台打字机，没日没夜地敲打了一个星期，双手疲乏得连吃饭都拿不住筷子了，但她竟奇迹般地达到了考官说的那个专业水准。过了好几个月她才还清了那笔债务，不过，公司却一直没有考过她的打字功夫。

吴士宏的传奇就从此开始。

心灵 寄语

其实在面对一切艰难困苦的时候，我们最需要的是一种平和的心态，一种乐观的心态，有了它们，我们才会有更多的希望，世界的美好才会让我们逐一去发现。

挖掘你的全部潜力

忆 莲

一位音乐系的学生走进练习室。钢琴上，摆放着一份全新的乐谱。

"超高难度。"他翻动着，喃喃自语，感觉自己对弹奏钢琴的信心似乎已经跌到了谷底，消磨殆尽了。

已经3个月了，自从跟了这位新的指导教授之后，他不知道为什么教授要以这种方式整人。指导教授是个极有名的钢琴大师。他给自己的新学生一份乐谱。

"试试看吧！"他说。乐谱难度颇高，学生弹得生涩僵滞且错误百出。

"还不熟，回去好好练习！"教授在下课时，如此叮嘱学生。

学生练了一个星期，第二周上课时，没想到教授又给了他一份难度更高的乐谱，"试试看吧！"上星期的功课教授提也没提。学生再次挣扎于更高难度的技巧挑战之中。

第三周，更难的乐谱又出现了，同样的情形持续着。学生每次在课堂上都被一份新的乐谱挑战，然后把它带回去练习，接着再回到课堂上，重新面临难上两倍的乐谱，怎么样都追不上进度，一点也没有因为上周的练习而有驾轻就熟的感觉，学生感到愈来愈不安、沮丧及气馁。

教授走进练习室。学生再也忍不住了，他必须向钢琴大师提出这3个月来何以不断折磨自己的质疑。

教授没开口，他抽出了最早的第一份乐谱，交给学生。"弹奏吧！"他以坚定的眼神望着学生。不可思议的事发生了，连学生自己都惊讶万分，他居然可以将这首曲子弹奏得如此美妙、如此精湛！教授又让学生试了第二堂课的乐谱，学生仍然有高水平的表现。演奏结束，学生怔怔地看着老师，说不出话来。

"如果我任由你表现最擅长的部分，可能你现在还在练习最早的那份乐谱，不可能有现在这样的表现。"教授缓缓地说。

人，往往习惯于表现自己所熟悉、所擅长的领域。但如果我们愿意回首，细细检视，将会恍然大悟，看似紧锣密鼓的工作挑战、永无休止难度渐升的环境压力，不就在不知不觉间养成了今日的诸般能力吗？因为，人确实有无限的潜力！有了这层体悟与认知，会让我们更欣然地面对未来更多的难题！人的能力是无限的。人的智慧和想象力具有很大的潜力，只要充分挖掘它，发挥丰富的创造力，就会做出使自己都感到吃惊的成绩来。

有两家卖粥的小店。左边这个和右边那个每天的顾客相差不多，都是川流不息，人进人出的。然而晚上结算的时候，左边这个总是比右边那个多出百十元。天天如此。

于是，我走进了右边那个粥店。服务小姐微笑着把我迎进去，给我盛好一碗粥，问我："加不加鸡蛋？"我说加。于是她给我加了一个鸡蛋。每进来一个顾客，服务员都要问一句："加不加鸡蛋？"有说加的，也有说不加的，大概各占一半。

我又走进左边那个粥店。服务小姐同样微笑着把我迎进去，给我盛好一碗粥，问我："加一个鸡蛋，还是加两个鸡蛋？"我笑了，说："加一个。"再进来一个顾客，服务员又问一句："加一个鸡蛋，还是加两个鸡蛋？"爱吃鸡蛋的就要求加两个，不爱

吃的就要求加一个，也有要求不加的，但是很少。一天下来，左边这个小店就要比右边那个多卖出很多个鸡蛋。想一想，在生活中、工作中，你真的已经把自己的潜能发挥到极致了吗？还是一切按部就班，只是在重复你熟知的那些事呢？

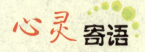

心灵 寄语

　　要想有更高的成就，就要挖掘自身的潜力，然而要想挖掘潜力，就不可以走过去一成不变的道路，要懂得进行一些困难的挑战，使自己不断提高，挖掘出自己的才能，才能有更高的成就。

南方的冬天不下雪

雁 丹

认识梓艮，是在一个漫天飞雪的冬日。

同当时很多人一样，我也曾以为那个冬天不会下雪的，不料圣诞节的前夜，突然铺天盖地地下了这个城市有史以来最大的一场雪。

我一直固执地认为，没有雪的冬天是不完美的，至少是不完整的。没有雪，整个冬天都会显得沉郁暗淡，缺乏一种内在的灵韵。冬天里一定要有雪，就像春天里一定要有美丽的花儿一样。这样的季节才会妩媚、动人。

雪中，那条平日与杰常坐的长椅上积满了厚厚的雪，晶莹剔透。那份沉静，那份静谧，让人不忍心有一丁点儿的侮辱和践踏！

只想遥遥地注视，默默地品味。

此时，心境如雪，思念如雪。

这就是那个初识梓艮的冬日。

咖啡色的套头毛衣，咖啡色的围巾，很帅的样子。他发现我，冲我笑笑："嗨！早。"

"这是我有生以来第一次见到雪！"他的纤长的手指一点一点拨弄着长椅靠背

133

上的积雪，"你知道，南方的冬天是不下雪的。"

我们开始由雪而至天地四方地闲聊起来。

他是经贸系的专科生，两年后毕业。他说来这儿求学，除了看长江、黄鹤楼，便是为了看雪。只可惜长江之水已非昔日之水，而那"黄鹤"也一去兮不复返。唯有这雪，永远地纯洁。聊以慰藉吧！

金圣叹先生将"雪夜围炉读禁书"视为人生最大的幸福。而像这样，在漫天飞雪的清晨与一个素不相识的男孩漫无边际地侃大山，也不失为精神上的一次大放逐。不知哪位名人说过："生命是受约束的，而我们的心灵却是自由的。"

临分手时，他用枯枝在雪地上留下了自己的名字"梓艮"。"艮"在古语中是"山"的意思，而我幼时的乳名正唤作"山山"，由此，我便理所当然地把与梓艮的相识归于一种前定的缘分。

周末，室友们各赴其约，剩下我一个人，躲在床帘里翻看旧日的一些照片，那都是杰还在我身边，还没有毕业去南方闯荡的时候留下的。

床的那头是一只静默的吉他，很久没有人去弹它了，窗外不知什么时候竟淅淅沥沥地下起了雨，隔壁的楼道里飘来动听的"校园民谣"：

"你知不知道思念一个人的滋味，就像喝了一杯冰冷的水，然后用很长很长的时间，一颗一颗流成热泪。你知不知道忘掉一个人的滋味，就像欣赏一种残酷的美，然后用很小很小的声音，告诉自己坚强面对。你知不知道寂寞的滋味，寂寞是因为思念谁……"

不觉中有一颗热泪滴落，如果我不出去散散步，我想我会闷死在那小楼上的，或是泪尽，或是心碎而死。

在通往西门的林荫道上，竟与晚归的梓艮不期而遇。他的脸色异常疲惫，眼里有丝掩饰不住的忧郁。我陪他去附近的小店里吃饭。

"周末也这么忙？"我一边喝着椰奶一边问。

"没办法，我必须这样做。命运不允许我过那种闲适雅致的大学生活，我命中注定要颠沛流离。"

那晚，我第一次听梓艮谈及他的一辈子在菠萝园里操劳的父母亲，第一次听他说起他那个美丽的几年前死于一场台风的小妹妹，第一次知道他在生意场上与学业上的辛酸苦辣。

对于一个二十岁的年龄却拥有三四十岁的人生经历的人来说，是福？是祸？杰也是这样在拼命的。

接下来的几个月里，因为忙于应付期终考试，梓艮同时还兼顾着生意、学业、事业，他是一个都不会放弃的，所以，渐渐地彼此往来少了。但是偶尔碰上，一定是极开心的。直到现在我仍很感激在那些暗淡的日子，梓艮所给予我的一切，那大哥般的微笑，永远是"冬日的阳光"。

那一年的情人节，恰巧是大年三十。我同时收到两束寄自南方的玫瑰，那枝红艳艳的是杰的，那枝黄灿灿的署名是梓艮。那一刻，我是天底下最富有的人，因为我拥有最美丽的爱情和友情。

我含着泪亲吻那两枝娇艳欲滴的玫瑰，我多么希望，那红的永远是红的，黄的永远是黄的。

清明过后就是我的生日。听着电话里熟悉的声音，竟呜咽着不能说话。"收到我的礼物了吗？山山，别忘了我们的'公司'喔！"杰总是这样积极、乐观、充满生机和活力，他那样努力不过是为了日后拥有一家自己的"公司"。

而这一切，我都可以用整个生命去支持他。杰在某种意义上说是我的全部，是我全部的爱和希望。

黄昏已至，热心的室友为我点起生日的蜡烛。我的桌上堆满了各种各样可爱的小礼物。梓艮送我一本《普希金诗集》，扉页上抄着那首著名的"我曾经爱过你"。我沉默着，但我的心却是明朗的。

时光似水。夏至过后，专科生就要离校了，梓艮也将回到南方去。我突然感觉到内心有一线游离不定的淡淡的惆怅和悲哀。

梓艮握住我手的那一刹那，我的整个身心是无比坦然的。我必须告诉梓艮，让他知道我心里所想的一切。

"我曾经爱过你，毫无指望地爱过你。"他背着那首诗给我听。

"可是梓艮，对我来说，真正彻骨的爱只有一次。而我在很久以前就已经全部交给了杰。你很优秀，你在很多方面都远远超过了杰。我很欣赏你，但我无法说服自己去爱一个不叫杰的人。原谅我，梓艮，原谅我和我的爱情。"

梓艮把手放在我的肩上，一股炙热的气浪传遍我的全身。我默默地做着深呼吸，让自己镇定下来。我永远都不可能跨过那一步，因为在我和梓艮之间有我一生的牵挂，还有我永远无法割舍也无法抗拒的心痛。

梓艮是大度的，即使是他不久后的不辞而别，我仍然是可以理解的。在他寄给我的明信片上只有短短的一句话，是援引泰戈尔的诗句。

"如果你不能爱我，就请原谅我的痛苦吧！"

俄国的批评家车尔尼雪夫斯基曾这样说过："爱一个人意味着为他的幸福而高兴，为使他更幸福而去做需要做的一切，并从这当中得到快乐。"而这，梓艮是做到了。

不久，我也将到南方去，用杰的话说是去打一片自己的江山。我一定会去的，虽然"南方的冬天不下雪"，但在南方人的心里却拥一份如雪的情谊。

"拭雪拂花，长袖清香。"但愿我们能以白雪般纯洁的心灵对待人世的一切。

心灵 寄语

爱情，是每个人生命中永不过时的主旋律。因为爱，所以选择放弃，只是为了让所爱的人得到真正的幸福。因为爱，我们的心灵才会如雪花般洁白。

忍不住要唱歌

采 青

在一个春光明媚的早晨，有一只漂亮的鸟儿，站在摆动的树枝上放声歌唱，树林里到处回荡着它甜美的歌声。一只田鼠正在树底下的草皮里掘洞，它把鼻子从草皮底下伸出来，大声喊道："鸟儿，闭上你的嘴，为什么要发出这种可怕的声音？"这只歌唱的鸟儿回答说："哦，先生，我总是忍不住要歌唱。你看，空气是多么新鲜，春天是多么美好，树叶绿得多么可爱，阳光是多么灿烂，世界是多么可爱，我的心中充满了甜蜜的歌儿，我无法不歌唱。"

"是吗？"田鼠睁大眼睛不解地问道，"这个世界美丽可爱吗？这根本不可能，你完全是胡扯！世界上的任何事情都是毫无意义的。我已经在这儿生活了这么多年，我了解得很清楚。我曾经从各个方向挖掘，我不停地挖啊挖啊，但是，我可以告诉你，我只发现了两样东西，那就是草根和蚯蚓，再没有发现过其他东西，真的，没有任何可爱的东西。"

快活的鸟儿反驳说："田鼠先生，你自己上来看看吧。从草皮底下爬上来，到阳光中来吧。你上来看看太阳，看看森林，看看这美丽可爱的世界，呼吸一下新鲜空气。要是这样，你也会忍不住歌唱。上来吧，让我们一起放声歌唱！"

心灵寄语

　　有的时候只是我们看问题的角度不同，我们对事情所表现出来的举动也就完全不同，就像田鼠和鸟儿，一个可以放声歌唱，而另一个却完全是不同的心境。

真正的勇敢

向 晴

　　有一个男孩儿生性怯懦，屡遭同伴们的嘲弄与耻笑。男孩儿为此苦恼不已，连做梦都想成为一个勇敢且受人尊重的人。

　　后来男孩儿应征入伍了。他原以为新的环境会给他的境遇带来改观，但由于秉性使然，不久，男孩儿便再度沦为大家嬉闹、戏谑的对象。男孩儿非常痛苦。

　　一天，教官对新兵们进行投掷训练。教官突然把一枚手榴弹向新兵旁边掷去。新兵们个个大惊失色，连滚带爬地纷纷逃散。教官的脸色顿时有些阴暗，他愤愤地说，这只是一枚不会爆炸的教练弹，我这样做是想检测一下你们的心理素质，看你们在突发事件前，能否保持镇定和勇敢——要知道，对一名军人来说，这是至关重要的！

　　恰巧那天男孩儿因病未能出练。第二天，当他出现在操场上时，教官暗示新兵们不要声张，便故伎重演，将手榴弹再次掷出。大家掩面窃笑，期待一场闹剧上演。同他们一样，男孩儿并不知道手榴弹不会爆炸。然而在那一瞬间，他却奋不顾身地扑了上去，用瘦弱的身体把手榴弹压在身下，并伴以紧迫而短促的一声大吼："快，快闪开！"

　　人们惊诧了，个个面面相觑。谁也没有想到，男孩儿竟企图以牺牲自己为代价，来换取战友们的生命。男孩儿在那一刻所表现出的无私与无畏、果断与勇敢征服了大家。过了好久，男孩儿才明白过来，缓缓地从地上爬起来，羞涩地低下头，等待同伴们的奚落。然而，这次没有。每个人都将自己的无上崇敬与感激，化作激越的掌声，经久不息。

　　男孩儿哭了。他因平生第一次受到如此厚重的礼遇而流泪。

　　从此以后，男孩儿一点一点地从卑怯中走了出来，屡立军功，赢得了人们的无限崇敬。

心灵 寄语

　　勇敢并不等于什么都不怕，正像文中的孩子一样，他可能给我们的感觉是懦弱的，但是站在大是大非面前，他做的事情是常人难以办到的，那其实就是一种我们所想不到的勇敢，这种勇敢值得每个人去学习。

用心感受生活

　　生活中，有些人感受到的是一种难耐或是艰难，有些人感受到的却是一种快乐或是无忧，虽然感受各不相同，但只要是用心体会生活，那么都是有意义的。

一毫米的价值

慕 菡

美国有一家生产牙膏的公司，产品优良，包装精美，深受广大消费者的喜爱，每年营业额蒸蒸日上。

记录显示，前十年每年的营业额增长率为10%～20%，这令董事部雀跃万分。

不过，业绩进入第十一年、第十二年及第十三年时，则停滞下来，每个月都维持同样的数字。

董事部对这三年的业绩表现感到不满，便召开全国经理级高层会议，以商讨对策。

会议中，有名年轻的经理站起来，对董事部说："我手中有张纸，纸里有个建议，若您要使用我的建议，必须另付我5万元！"

总裁听了很生气地说："我每个月都支付你薪水，另有分红、奖励。现在叫你来开会讨论，你还要另外要求5万元。是否过分？"

"总裁先生，请别误会。若我的建议行不通，您可以将它丢弃，一分钱也不必付。"年轻的经理解释说。

"好！"总裁接过那张纸，阅毕，马上签了一张5万元支票给那个年轻经理。

那张纸上只写了一句话：将现有的牙膏开口扩大一毫米。

总裁马上下令更换新的包装。试想，每天早上，每个消费者多用一定量牙膏，那会多出多少倍呢？这个决定，使该公司第十四年的营业额增加了32％。

心灵寄语

有一种思想叫做创新，当我们只想着用传统方式解决问题的时候，换一条其他的路去走，得到的结果或许是我们难以预料的，所以我们要学会的是变通。

寻找属于自己的那颗星

邓文丽

初中生活的最后一个国庆节，学校破天荒地放了三天假。同宿舍的姐妹一边哼着曲子一边快速收拾着东西，可我始终没有看到婷的身影。

婷是一个很出众的女孩，特别是那长长睫毛下的大眼睛特别惹人怜爱。可最近同学们对她的印象一落千丈，她也沉默了很多，原因是大伙得知婷居然同外班一男生谈恋爱已有一年！我明白了婷的成绩为何一跌再跌！

我终于在教室里找到了婷。

她呆呆地望着窗外，远处的高山那么朦胧。我的脚步声一定打断了她的思绪，她缓缓转过头来，泪从长长的睫毛上落了下来，敲打着两个人的心，好痛，好痛。

"班长，我……我考高中没有希望了！"

她眼泪汪汪地望着我。

我颤抖了一下。

"婷，你看窗外的星星！"婷抬着头在天空寻觅，阳光渐渐地把她脸上挂着的泪舔干了。

"星星？白天怎会有星星？"

"你是，我也是。我们都有自己的轨道，是吗？"

婷仍抬着头寻觅着……

属于初中的最后一个暑假，婷欣喜地告诉我她已考上高中，并谢谢我的引导。

"引导？是那些星星吗？"我笑了。

当我们走进花季时，难免会因为沿途的美丽景色而忘记了赶路，从而迷失自己。当我们醒悟过来时，再回首，才发现，原来每个人都有属于自己的轨道！

为将要拍摄的照片进行设计

冷 薇

加拿大著名摄影家约瑟夫·卡希，由于他在摄影艺术上取得了突出成就，所以被人们誉为摄影大师。

卡希在他的一生中，曾经为一万五千多名有成就的人物照过相，其中不少是家喻户晓的世界著名人物。他们当中有国家元首、著名科学家、作家、艺术家，等等。

卡希在加拿大的渥太华，专以拍摄人像为乐事。他拍的人像能够传神，能够充分反映一个人物的性格，甚至能表现一些名人所代表的国家和民族的精神。

有这样一件事，最能说明卡希的摄影风格。

1941年的冬天，当时的英国首相丘吉尔到加拿大访问。在丘吉尔到达渥太华的前夕，当时只有33岁的卡希请求他的朋友——加拿大总理麦肯齐·金帮助他，以便为丘吉尔拍一张人像。麦肯齐·金答应了他的要求。

这一天晚上，卡希一夜都没睡着觉。第二天，当他赶到议会大厅听完丘吉尔轰动一时的演讲后，就急忙穿过大厅到了议长室，他在议长室的一角摆好了泛光灯，做好了一切准备。不久，他听到了脚步声，麦肯齐·金恭迎丘吉尔来到了议长室。卡希也立即打开了泛光灯。

丘吉尔叼着一根雪茄问："这是要干什么？"左右的人们都笑起来，而麦肯齐·金则微笑不语。这时，卡希连忙向丘吉尔鞠躬，说道："阁下，我希望给您拍一张照片以纪念这次历史性的盛会。"丘吉尔怒容满面地说："为什么事先不告诉我？"但他最后还是同意了卡希的请求。

卡希这时正想按快门，忽然他灵机一动，走近丘吉尔，对他说："对不起，阁下！"话音未落，随即把丘吉尔嘴里叼着的雪茄扯了下来。丘吉尔顿时勃然大怒。就在这时，只听"咔嚓"一声，一张后来闻名于世界的名作被拍下来了。而拍摄这幅杰作，前后只用了两分钟的时间。

丘吉尔的这张照片在暗房冲洗出来时，只见他一手拄着拐杖，一手叉在腰间，怒容满面，气势逼人。卡希看了这张照片后满具信心地说："这是一幅杰作。"后来，事实表明也正是如此，这张照片在全世界广泛流传，有人说这是自有摄影艺术以来流传最广的照片。同时，还有七个国家的邮票上都印上了这张照片。全世界都认为这张照片是英国战时精神的象征。卡希在后来发表的文章中也写道："相片里的丘吉尔，是战时英国的象征。昂然挺立，不屈不挠。"从此以后，卡希也就名扬四海，照他自己的说法："自此以后，我便没有休息的时间了。"

要为将要拍摄的照片进行设计是一件很伤脑筋的事。卡希也常常因害怕照片拍摄出来时不理想而烦恼。因此，在有重要拍摄任务前，他经常彻夜不眠，第二天弄得疲乏而紧张。但奇怪的是，越是如此，照片拍得越好。因此卡希说："我常常用夜里失眠时间的长短来判断第二天那张照片成功的程度。"

心灵 寄语

往往在做重要事情之前我们都会有很多的准备，更多的思考是为了可以让所做的事情事半功倍，使其更加完美。这就像是拍照前的长时间准备，最后才会使所要做的事情更好地完成，也就是说，无论做什么事情。都要有充分的准备才能完成。

赐我一个男朋友

冷 柏

一到大三，全班的女生就觉得自己不再是水果了。一个个脸拉得跟黄瓜一样长，作考研状；要不就是像胖妹这样跳跳糖般上蹿下跳，整天缠着我，要我替她介绍男朋友。

胖妹，女，微胖。全身上下除了胖，再无一个地方比我更可爱。偏她还不承认，整天摆出一个倾国倾城的姿势，摇摇晃晃地在水房和楼道之间穿行，毫不可爱地大声嚷嚷："热死人了，热死人了！"

热归热，胖妹每到傍晚，还是要爬上我的床铺张牙舞爪一番。这三年来我亲眼看着她压烂我的枕巾坐坏我的床单挥舞着我的枕头把我的被单披在她胖嘟嘟的身上万千变化，我从心内郁郁到心内黯然再到心如死灰，由着她糟践了去，不置一词。本以为这就罢了，没想到今天胖妹死也不肯走，在我床上赖到半夜12点，直闹得我头昏脑涨，答应一星期内介绍个男朋友给她。于是胖妹志得意满，爬回自己床，5分钟内呼噜声震天。我恨恨地想，如果哪个男生能忍受得了她，那真真是上天不开眼。

第二天才发觉，这问题比胖妹不打呼噜还难。用大脑把所有哥们儿过一遍，发现他们分为三种：别人的男朋友、自己的备用男朋友、没法做男朋友。又怕回去再遭胖妹荼毒，躲到同学的学校里一边打游戏一边死缠烂打。一下午搞定，三天后相亲。

相亲宴显然和胖妹减肥一样，是一场十足的笑话。对面男生羞怯的眼睛躲在高度近视的镜片后，愈加蒙眬。当胖妹故作娇羞地捧着菜单说："我一般喜欢吃素……"我丝毫不给面子大笑出声，等我和同学一起出去，回来只见满桌一片翠绿中一点儿殷红居然是红萝卜丝。我狠掐胖妹的腰，低声道："这一个月的水煮肉都吃到狗肚子里去了？"胖妹坐得笔直低声谄媚："好姐姐好姐姐，水煮肉我下次请你，给我留点形象好不好？"

晚上当同学的手机短信回复过来的时候，我和胖妹正坐在水煮肉面前，撸胳膊挽袖子大快朵颐，吃得鼻尖冒汗嘴角流油。胖妹一把夺过手机一字一句念出来："性格非常文静，当然再活泼一点儿就更好了。"

"砰"的一声手机掉在桌面上。我想我当时是吓呆了，否则大可趁机要求赔偿，再要挟两顿饭局。而我当时只顾得联合胖妹的小眼睛，一起瞪圆了怔视半晌，毫无淑女风度哈哈大笑。

原来胖妹也可以……文静。

后来的事情就非常简单啦。胖妹不肯再见这位眼神比较拐弯的害羞男生，善后工作自然是我做。用好几顿饭和无数谄媚语句才换来我同学以及同学的原谅——所以在这里事先警告诸位看官，相亲失败，介绍人所需安抚费实在是耗资巨大，需预先准备。

胖妹受此打击，小半个月没恢复过来。天天早出晚归泡在自习室猛读书，我于是耳根清净宛如看到孙悟空打死了唐僧。只可惜好景不长，逝去的往往是最美的时光。

某天晚上，我一推

开寝室门，就看到胖妹坐在我床上向我无比温柔地微笑："蝉子，蝉子，人家想找个男朋友来谈恋爱。"

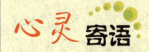

　　青春的年华，我们可以大声呼唤爱情。无论我们长得美与丑，或者胖与瘦，都有渴望爱，追求爱的权利。因为，青春无罪！爱情无罪！

真诚的人格
是无价的

凝　丝

一个暴风骤雨的夜晚，一对儿上了年纪的夫妇来到一家旅店。他们的行李非常简单。

年老的男人对旅店伙计说："对不起，我们跑遍了其他的旅店，里面全客满了。我们想在贵处借住一晚，行吗？"

年轻的伙计解释说："这两天，由于有三个会议同时在这个地方召开，所以附近的旅店会家家客满。不过，天气这么糟糕，你们二位一把年纪，没个落脚处也不方便。"

伙计一边说，一边把两位老人往里边请："我们的旅店也客满了，要是你们不介意的话，就睡我的床吧！"

"那你怎么办呢？"那对夫妇异口同声地问。

"我身体很好，在桌子上趴一会儿或者在地上搭个铺都不碍事的。"

第二天早上，老人付房钱时，伙计坚持不要，说："我自己的床铺不是用来营利的，我怎么能要你们的钱呢？"

"年轻人，你可以成为美国第一流旅馆的经理。"

伙计听了，只当是一个玩笑，畅怀大笑起来。

两年过去了。一天，年轻人收到了一封信，信里附着一张到纽约的双程机票，约请他的正是两年前在那个雨夜借宿的夫妇。

年轻人来到了纽约，老人把他带到第五大街和第三十四街的交会处，指着一幢高楼说："年轻人，这就是我们为你盖的旅馆，你愿意做这个旅馆的经理吗？"

那位年轻人就是后来大家都熟识的纽约首屈一指的奥斯多利亚大饭店的经理乔治·波尔特，那位老人则是威廉·奥斯多先生。

心灵寄语

对待任何事情都要有一种真诚的态度，或许并不是我们自己得到了很多，但是可以让其他人安稳，况且我们又怎么知道，我们会不会像文中的年轻人一样有一个惊喜呢？

诚实的孩子

碧 巧

从前有一位贤明而受人爱戴的国王，把国家治理得井井有条，人民能够安居乐业。国王的年龄逐渐大了，但膝下并无子女，这件事让国王很伤心。他决定在全国范围内挑选一个孩子做他的义子，培养成自己的接班人。

国王选义子的标准很独特，他给孩子们每人发一些花种子，宣布如果谁能用这些种子培育出最美丽的花朵，那么谁就成为他的义子。孩子们领回种子后精心培育，从早到晚，浇水，施肥，松土，谁都希望自己能够成为幸运者。

有个叫雄日的孩子，他整天精心地培育花种。

但是十天过去了，半个月过去了，一个月过去了，花盆里的种子连芽都没有冒出来，更别说开花了。

苦恼的雄日去请教母亲，母亲建议他把土换一换，但依然无效，母子两个都束手无策。

日子一天天过去了，雄日的种子最终没有开出美丽的花朵。

雄日伤心地对母亲说："我该怎么办呢？难道要抱着一个空的花盆去吗？"

母亲语重心长地对他说："孩子，人无论做什么事情，首先就是要诚实。即

使最后失败了，我们也不会后悔的。"雄日听了，认真地点了点头。

国王决定观花的日子到了。

无数个穿着漂亮衣裳的孩子涌上街头，他们各自捧着盛开着鲜花的花盆，用期盼的目光看着缓缓巡视的国王。国王环视着争奇斗艳的花朵和精神漂亮的孩子们，并没有像大家想象中的那样高兴。

忽然，国王看见了端着空花盆的雄日。他无精打采地站在那里，眼角还有泪花。国王把他叫到跟前，问他："你为什么端着空花盆呢？"

雄日心里很悲伤。他把自己如何精心培育，但花怎么也不发芽的经过说了一遍。还说，他想这是报应，因为他在别人的花园中偷过一个苹果吃。等雄日把话说完后，没想到国王的脸上却露出了最开心的笑容。他把雄日抱起来，高声说："孩子，我找的就是你！"

"为什么是这样？"大家不解地问国王。国王说："我发下的花种全部都是煮过的，根本就不可能发芽开花的。"雄日听了这话，也高兴地笑起来。

捧着鲜花的孩子们都低下了头，在他们的心里，也许又播下了另一颗种子。

诚实应该是每个人所必备的品质，在被利益所诱惑的时候，能毫不欺骗，用一颗诚实的心来面对诱惑的人是一个值得信赖的人，就像文中小男孩儿一样，他用诚实的心赢得了国王的信任。

谁的眼泪遗落在光阴里

静 松

从7岁到17岁，我和苏小娅保持着异乎寻常的友谊。大人们说我们是青梅竹马，小娅皱起眉头纠正道，我们是"哥们儿"。

我们总是在街角的一棵大银杏树下碰头，然后一起去学校。

小娅渐渐地长大，有着一双修长的腿，不用下单车，一只脚支在地上，在树下等我。我来了，她便笑着冲我摆手，我远远地看见，心中被温暖踏实的感觉充盈着。

坐在我前排的路远相貌英俊，是班里女生的目光焦点所在。

有一天路远拉我去"必胜客"，我犹豫了一下，不会是鸿门宴吧？

路远说，想向你请教一下柳永的《雨霖铃》，我一听是谈宋词，便跟他径直前往。

从"必胜客"出来，路远红着脸说，我喜欢苏小娅，你能不能帮我问问？让我一时不知说什么好，心中老大的不舒服。

俗语说得好，拿人手短，吃人嘴软。我说，包在我身上了。

星期天，我约小娅在上岛咖啡屋见面，她高兴地答应了。

　　我找了临窗的位子坐下，算起来和小娅还从来没有如此正式地约会过。胡思乱想着，一双女孩子秀美的脚映入我的眼帘，抬起头一点儿一点儿地看上去，是小娅！竟然穿了裙子，唇上画了淡淡的唇彩。

　　我嗯嗯啊啊地好一阵子，才费力地告诉她说，路远问你愿不愿意做他的女朋友。

　　正等着小娅赏我一个嘴巴子什么的，没想到小娅却笑了，这么帅的男生我能不愿意吗？告诉他明天放学后，我在自行车车棚等他。

　　都说女人贪慕虚荣，果真不假，我心里酸涩，路远不就比我高一点儿、帅一点儿吗？

　　小娅问我还有事吗，如果没事儿她就先走了。

　　隔着窗子上的玻璃，我看着她湮没在人群之中才回过神来，坐在那里一个下午，心中是莫名的忧伤夹杂着一丝说不清楚的感觉。

　　路远在车棚中等到天黑都没有见到小娅。他跑来问我是不是搞错了。我不可抑制地快乐起来，抿紧嘴唇说，小娅亲口跟我说的。路远不相信，从此对我有了成见。

　　高考临近，气氛紧张起来，唯有小娅例外，她约我去滑旱冰。

　　可是一进场，我就摔倒了，小娅拉我起来，手把手地带我。可是不争气的我，站起来又摔倒了，一遍一遍，小娅气得哭了。我忙问小娅，是不是我让你生气了？她睫毛上挂着晶莹的泪珠，一眨不眨地看着我，看得我心惊肉跳。良久，她说，她一毕业就去德国留学。

　　傻丫头，这是好事啊！在我的心里，不希望她走，但说出来的话却很虚伪。

　　往回走的时候，小娅沉默着。陌生人的脸在我们身边交替，轻轻的风从我们身边吹过，我的心口被不可抑制的酸痛涨满。

　　小娅临走的时候，把她的瓷质的大脸猫送给了我。

　　两年后我回校看望高中老师，刚好路远也在，后来说起小娅。我说，小娅是一只小蜜蜂，班里男生没有敢打她主意的，偏偏你往上撞。路远叹道，可惜蜜蜂蛰了人便会失去性命，唉！

　　我怀疑自己听错了。我说，路远，你刚才说什么？

　　我被一种不祥的预感紧紧地攫住，手颤抖得不能自已。跟老师要了一支烟，深深地吸了一口，我立即被呛得咳嗽起来。

　　路远说，小娅去德国前，和父母去云南旅行，面包车掉下悬崖。送到医院没多久，小娅就去世了。她临终之前让大家不要告诉你。都两年了，我还以为你知道了。

心灵 寄语

　　年少时的爱情，朦胧而美好。即使不说出口，也是最纯粹，最无邪的回忆。只是很多时候，错过了就永远无法回头。只是，那一份失去的爱，让我们那脆弱而无助的灵魂，如何去承受这生命之重？

坦诚的人格可赢得一切

芷 安

1860年，与林肯竞选总统的是当时烜赫一时的大人物——民主党派候选人道格拉斯。他依仗自己的财势，专门准备了一辆竞选列车，还在后边安装了一门礼炮，所到之处，他都要鸣礼炮32响。在他看来，只要用强大的气势压倒林肯这个穷小子，就能顺利地当上总统。

与对手不同的是，林肯坐着一辆耕田用的马车，所到之处，他都要亲自走到选民中间，与选民进行亲切的交流。他的演讲词中有这样一段话，让人至今不能忘记："如果大家问我有多少财产，那么我告诉大家，我有一位妻子和三个女儿，都是无价之宝。此外，还有一个租来的办公室，室内有桌子一张，椅子三把，墙角还有大书架一个，架子上的书值得每一个人读，我本人既穷又瘦，脸很长，不会发福。我实在没什么依靠的，我唯一的一个依靠就是你们。"

那一年，美国人或许从林肯对家庭深切的爱中，从他袒露内心的演讲中，看到了他人性深处闪耀的光辉。更重要的是，他把唯一的依靠，放在了人民身上，这种发自内心对人民的依赖，让人民感受到了他们需要一个这样的总统。就在那一年，身为穷小子的他击败了他的对手，当上了美国第16任总统。

心灵寄语

很多事情并不是用金钱就可压倒一切的，就像林肯一样，用的是一颗坦诚的心，一颗可以全心全意为人民服务的心，所以他赢得了尊重，赢得了总统，赢得了一切。

用心感受生活

雪 翠

　　莫扎特年轻的时候决定出去闯荡天下，但走过很多城市，却没有一个地方肯收留他。这时，他想起了自己小时候在维也纳演出大获成功时，女皇曾非常宠爱他。于是，他决定去维也纳，求见女皇的儿子——费尔丁南德大公。

　　来到宫廷之后，莫扎特向大公委婉地说出了自己的心愿。大公也邀请他在宫廷里住了一段日子。在这几天里，莫扎特得到了大公的盛情款待，但对将来是否可以留下来的事情，大公却只字未提。

　　有一天，莫扎特在大公的房间里，无意中瞥见了几行字："难道你想让像乞丐一样到处游荡的人败坏宫廷的风气吗？作为母亲，我为你感到羞愧。"莫扎特看后，顿时觉得脑袋像要炸裂一样。

　　莫扎特此时知道了自己心中的艺术，在这些皇室家族的眼里只不过是一种玩物，而艺术家也只不过是一个下贱的人。从此，莫扎特改变了做一名宫廷乐师的想法，毅然决然地返回家乡，回到了穷苦人民中间，用音乐来记录和抒发他们的心声。

　　试想一下，如果莫扎特留在了宫廷，他还会创造出那么多的优秀作品吗？

　　宫廷的皇室看不起艺术，他们根本就不懂得生活和美。莫扎特在那样的环境中怎能创造属于他的音乐巅峰？生活是艺术的源泉，只有生活才能给予人们灵感和美感，才能创作出使人愉悦的作品。

心灵 寄语

　　生活中，有些人感受到的是一种难耐或是艰难，有些人感受到的却是一种快乐或是无忧，虽然感受各不相同，但只要用心体会生活，那么，生活都是有意义的。

12个第一名

雅 枫

　　小时候，女科学家林兰英的家境不太富裕，父母靠辛辛苦苦劳动挣来的钱勉强供养着几个孩子上学。

　　林兰英小学毕业后，母亲把她叫到跟前说："兰英，一个姑娘家读到小学毕业，识几个字就不错了，念那么多书也没啥用，我看你下学期就别念了。"

　　那时候林兰英已经读了一些书，知道很多有名的女性，为了能继续读书，她想说服母亲。林兰英对母亲说："大诗人李清照、科学家居里夫人、革命家秋瑾都是女的，她们都是读了很多书才成才的。"

　　妈妈说："你说的我都没看见，我只看见你几个姐姐已经能干活儿养家了，自己还积攒了一些私房钱，将来出嫁的时候，我稍微添一点钱就可以置办很多好嫁妆。你上学不但不挣钱，还要花钱，家里哪有那么多闲钱供你呀！"

　　林兰英知道妈妈是怕花钱，就对妈妈说："我听说中学里有规定，考试得第一名就可以免除学杂费。我向您保证，上中学后我会好好学习，每次都考第一名，不用家里交学杂费。"

　　母亲看她这么想读书，也就答应了，不过并没把林兰英许诺考第一名的事放在心上。母亲想，姑娘家，哪儿能那么容易就考第一呀，就让她再读半年，自己感到艰难也就死心了。

就这样，林兰英上了初中。班里就她一个女生，所有的男孩都瞧不起她，都不和她说话，学习上也没有人帮助她。可这一切不但没有使她灰心，反而更增强了她考第一名的决心。

于是，林兰英上课专心听讲，下课认真复习，别人学习的时候她在学，别人不学的时候她也在学。经过半年的努力，她真的考了第一名，学校也把她这一学期的学杂费免了。

母亲认为这是个偶然，不过由于有约在先，也不好反悔，就答应她再读一个学期。

第二个学期末，林兰英又拿着第一名的奖状向母亲报喜，母亲很吃惊，知道自己低估了女儿。看着自己的女儿这么有志气，母亲很高兴，从此让林兰英安心读书，不要惦记家里，就是家里再难，也要供她读完初中。

即使这样，林兰英也没有放松对自己的要求，仍然牢牢记住自己对母亲许下的诺言。到初中毕业，3年中她一共得了6个第一名！

后来上了高中，林兰英仍然是年年第一名。加上初中，整个中学6年，林兰英共得了12个第一名。为了信守约定，实现自己许下的诺言，林兰英付出了别人想象不到的努力，最后终于学业有成，成为国内外知名的科学家。

心灵 寄语

一句话是一个信念，一个信念可以支配一个人走向成功，就像林兰英一样，为了一句承诺，不懈地努力，最终成为一名出色的科学家。每个人都有自己的梦想，只要坚持不懈地努力，就会有成功的那一天。

朋友的信任

沛 南

公元前4世纪，在意大利，有一个名叫皮斯阿司的年轻人触犯了国王。皮斯阿司被判绞刑，在某个日子要被处死。

皮斯阿司是个孝子，在临死之前，他希望能与远在百里之外的母亲见最后一面，以表达他对母亲的歉意，因为他不能为母亲养老送终了。

他的这一要求被告知了国王。

国王感其诚孝，决定让皮斯阿司回家与母亲相见，但条件是皮斯阿司必须找一个人来替他坐牢，否则他的这一愿望只能是镜中花、水中月。

这是一个看似简单，其实近乎不可能实现的条件。有谁肯冒着被杀头的危险替别人坐牢，这岂不是自寻死路？但，茫茫人海，就有人不怕死，而且真的愿意替别人坐牢，他就是皮斯阿司的朋友达蒙。

达蒙住进牢房以后，皮斯阿司回家与母亲诀别。人们都静静地看着事态的发展。

日子如水，皮斯阿司一去不回头。眼看刑期在即，皮斯阿司也没有回来的迹象。人们一时间议论纷纷，都说达蒙上了皮斯阿司的当。

行刑日是个雨天，当达蒙被押赴刑场之时，围观的人都笑他的愚蠢，说那是愚不可及，幸灾乐祸的大有人在。但，刑车上的达蒙，不但面无惧色，反而有一种慷慨赴死的豪情。

追魂炮被点燃了，绞索也已经挂在达蒙的脖子上了。有胆小的人吓得紧闭了双眼，他们在内心深处为达蒙深深地惋惜，并痛恨那个出卖朋友的小人皮斯阿司。

但是，就在这千钧一发之际，在淋漓的风雨中，皮斯阿司飞奔而来，他高喊着："我回来了！我回来了！"

这真是人世间最感人的一幕，大多数的人都以为自己在梦中，但事实不容怀疑。这个消息宛如长了翅膀，很快便传到了国王的耳中。

国王闻听此言，也以为这是痴人说梦。

国王亲自赶到刑场，他要亲眼看一看自己这个优秀的子民。最终，国王万分喜悦地为皮斯阿司松了绑，并亲口赦免了他的罪。

这是一个真实的故事，不但感人，而且震撼人的灵魂。

千百年来，有关朋友的解释有千种万种。但其实只需两个字，那就是：信任。

真正朋友之间的情感毋庸置疑，永远都是充满诚恳，因而我们的友情夹杂不得半点的怀疑，友情需要的是彼此的信任，从而来缩短我们之间的距离。

信守承诺

佚 名

　　非非是一个黑黑胖胖的男生，上个月才从乡下来到城里借读。他的父母在一家大农贸市场卖菜，他也就在附近的一所小学做了插班生。

　　本来进城是非非的一个愿望，可来到城里的这一个月他一点也不快乐。班里的孩子经常用一种异样的眼光看他，让他觉得抬不起头来。课外活动的时候，他只有羡慕别人的份儿，从来不敢要求和他们一起玩。

　　那天，和往常一样，课外活动的时间一到，同学们就像一群小鸟一样飞到了操场上，只有非非磨磨蹭蹭地在后面走着。出人意料的是，一进操场，班上最调皮的杉杉跑了过来：

　　"我们在玩警察抓坏蛋的游戏，缺一个人当看守，你愿意玩吗？"

　　"嗯，可我不知道怎么玩。"非非有点紧张，但心里很高兴。

　　"很简单，我们当警察的出去抓小偷，你在家里守着，抓到小偷由你来看着。什么时候抓完了，我们就赢了。"

　　"那我也是警察吧？"非非对当警察一直很向往。

　　"是，可你不能出去，你得把家看住，不然坏蛋把老窝端了，我们就输了。"

"放心，我一定看得住。"非非高兴起来了，像接受了重大使命一般，去了操场的另一角，看守那个被称作"家"的沙坑。

游戏开始了，杉杉他们你追我赶，似乎满操场都是他们的身影。非非远远地看着，盼着同伴早点抓回"坏蛋"。

一阵风刮过，扬起了地上的沙子，非非迷眼了。他使劲揉了揉涩涩的眼睛，勉强睁开眼。对方的一个同学向他跑来，非非赶紧做好了迎战的准备。可那个同学又从他眼前跑开了，身后穷追不舍地跟着另一个人。非非笑了，干脆一屁股坐在了沙子上，听伙伴们的笑声在风中飘荡。

一阵更大的风刮过，非非完全睁不开眼睛了，嘴里似乎也进了沙子。他背转过身去，风却没有停歇，卷了一些树叶和沙土横扫过操场。天好像也变暗了，远处传来了隆隆的雷声。"不好了，要下雨了。"非非赶紧寻找伙伴的身影。在操场的那一边，他们正在追赶着向教学楼跑去。"游戏结束了吗？"身边的同学都散了，向教室跑去，非非迟疑了。非非心里有点难过，这时，杉杉朝他喊："非非，回去吧。"

教室里，大家嬉笑会谈好不热闹。非非走进了教室，默默地回到自己的座位上。看到他衣服上的雨点和沙土，杉杉走了过来："刚才我们没抓到坏蛋，不好意思。但你能信守诺言，在风雨中坚守岗位很了不起，下次，我们一起抓坏蛋好不好？"其他几个同学也聚拢过来，非非心里高兴极了。

"一言为定！"

心灵寄语

相信我们都许下过承诺，有的时候，许个承诺很容易，但是能信守承诺就不是一件容易的事情，我们需要的就是做这样不容易的事情。从我们信守承诺的那一刻起，我们就是有信誉的人，就是给他人带来欢乐的人。

把全部的苦难都赶走

雨 蝶

在生活中，总会听到人们说："如果能减轻一些辛劳和痛苦，最好完全没有苦恼，这个世界就更美好了。"果真如此吗？

有一天，迪斯科走在纽约的第五大街上，朋友乔治从对面走过来。乔治神情犹豫，郁郁寡欢，十分憔悴，他的情绪非常低落。迪斯科很同情他，和他打招呼："乔治，你好吗？"

他向迪斯科诉说他不如意的近况，愈听他说，迪斯科就愈加怜悯他。

"为什么受了那些冲击，你就消沉下去了呢？"

他听了之后有些气急败坏地说："苦难太多了，倒霉的事接二连三，真是够晦气的了！我再也受不了了！"他激动得几乎忘了和谁在说话，恨恨地述说着自己遭遇的苦难。

就在乔治滔滔不绝说个没完的当儿，迪斯科插嘴道："乔治，我很希望能帮助你，能不能告诉我，我应该怎么做？"

他几乎是惨叫般地说："真的吗？那就帮我赶走苦难吧！如果能做到，我们将会成为永远的好朋友。"

任何时候我们都希望有机会与人成为莫逆之交。把乔治所处的境遇仔细思考后，迪斯科终于想到了一个解决方法。也许对乔治来说是不太愉快的建议，但至少是实际的。迪斯科问他："乔治，请你诚实地回答。你刚才说希望赶走大部分的苦难，事实上，你是想最好就在这里把全部的苦难都赶走吧？"

"不错，我已经到了忍耐的极限了。"他表情沉闷地回答道。

"知道了，我相信我可以帮得上忙。前几天我到一个地方去办事，那里的负责人说他们那里有十万人，但没有一个人有苦恼。"

乔治的眼睛第一次亮了起来，脸色红润，他由衷地说："那正是我希望的地方，请带我去那里吧！"

迪斯科回答说："不过，那里是乌德伦墓地。"

心灵 寄语

每个人都会遇到令人苦恼的事情，面对这些苦恼，我们应该做的是接受，并且从中得到人生的经历，而不是要赶走它们。没有烦恼的人永远也不会知道快乐的存在，就像死人一样。

同路客

向 晴

　　小时候经常因为朋友间的隔阂而难过，倘若朋友变得冷淡无情，更令自己伤心，其实那时候尚不懂得友情的本质。徐先生说："交友只是人生寂寞的旅途中偶遇的同路客，走完某一段路，他要转弯，这是他的自由。在那段同行的路上，你跌倒了他来扶你，遇到野兽一同抵抗，这是情理之中的。路一不同，彼此虽是挂念，且也不无互相援助。但是这时候彼此也许就遇到新的同路客了。"

　　随着环境的变动，每个人在每一个阶段中都会有不同的一群朋友往来，很多昔日的朋友，虽仍牵系心中，要保持亲密却是相当吃力。友谊，我认为是很难永固的，能够超越时空依然屹立的友情，其实已经包含爱情的成分。仅是一时投契的朋友，散开后，即使重聚，各人思想修养感觉上的改变，已经导致大家难以重建昔日的关系。然而所谓的知己朋友，起初交往时的情浓，令他们在离别后的惦念中依旧互相吸引，即使分隔多年，相见还是如故的，这就是爱的友情。

　　纯粹的友情是自由的，今天萍水相逢，彼此尊重地欢聚，明天可以平淡地分手，甚至忘记大家。带着爱的友情是浪漫的，却也是痛苦的，因为"爱"，便开始要求恒久，便开始不能容忍更多的对象，一旦其中一方对旧知己失去热情，或者把爱平分甚至转给了新朋友，另一方只得默默承受。所以如今我祈求的，只是在一段同行的路上，彼此温暖的朋友。

心灵 寄语

　　朋友是在自己艰难的时候伸出双手的那个人，朋友会有很多，能在不同的时间出现的，就是时刻同自己一起战胜困难的人。并不是说每个朋友都会及时地帮助彼此，毕竟每个人所走的方向不同，遇到的事情也各不相同。

敬　启

　　本书的编选参阅了一些期刊报纸和著作的文字以及图片，由于多种原因我们未能与部分入选文章和图片的作者（或译者）联系。敬请原作者（或译者）见到本书后，及时与我们联系，我们将按国家有关规定支付稿酬并赠送样书。

编委会

邮箱：chengchengtushu@sina.com